미식가
美食家

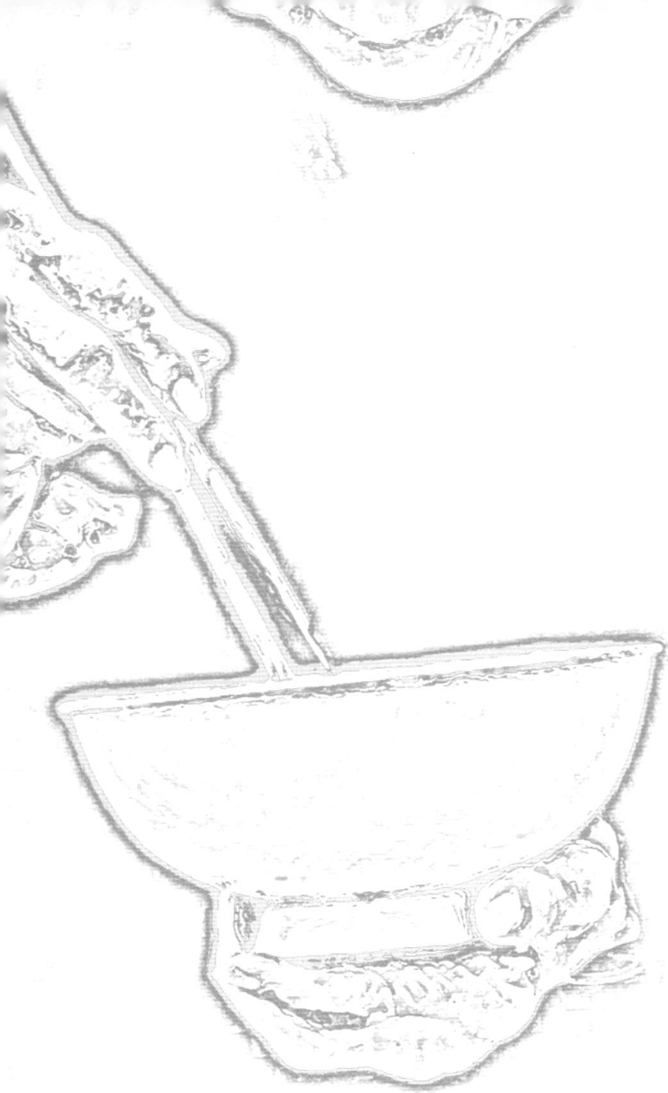

루원푸陸文夫

미식소설

권소영·조성환 옮김

미식가

美食家

글누림

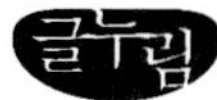

차례

음식 이야기

‘미식가’란 이름은 듣기 좋아서 중국어로 읽으면 정말 감칠맛이 난다. 그러나 통속적인 언어로 풀이한다면 그 묘미가 살아나지 않는다. 잘 먹는 사람이라니.

잘 먹어서 전문가가 된다! 여기에 대해 난 전혀 생각지도 못했다. 생각했던 일들은 종종 나타나지 않고 예상치 못했던 일들만 항상 내 주변에 맴돈다. 특히 잘 먹어서 전문가가 된 사람 같은 경우는 내 주변에서 40년 동안이나 그림자처럼 어른거렸다. 나는 그를 깔보고 증오하며 반대했다. 나는 나중에 잘하는 것이 하나도 없게 되었지만, 그는 도리어 ‘잘 먹어서’ 미식가란 호칭을 받게 되었다.

우선 밝혀야 할 것은 내가 먹고 마시는 일을 결코 반대하지 않는다는 사실이다. 내가 어려서부터 먹고 마시는 일을 반대했다면, 내가 태어났을 때가 바로 죽는 날이었을 것이다. 그러나 우리의 민족 전통은 부지런하며 소박했고, 절약하는 생활을 해왔기에 잘 먹는 것은 대대로 공격당할 수밖에 없었다. 어머니는 아기가 어렸을 때부터 ‘먹고 마시는 일을 반대하는’ 교육을 시킨다. “하오 츠 구이, 메이 유 추시!” 게걸들린 놈, 먹보라는 말로 게걸스럽게 먹으면 장래성이 없다는 말이다. 아이가 다른 아이에게 창피를 줄 때는 언제나 손가락으로 자신의 낯가죽을 긁으며 말한다.

"뻔뻔하고 게걸들린 놈, 게걸들리고 뻔뻔한 놈 같으니라고!"

따라서 수줍음을 타는 여자 아이는 길거리에서 감히 다빙[1]이나 유탸오[2]를 먹을 엄두도 내지 못한다. 무대에서 공연 중인 아가씨가 술을 마실 때는 언제나 덧소매로 가리고 마신다. 난 어려서부터 이처럼 먹고 마시는 일을 반대하는 교육을 받았다. 따라서 탐식하는 무리들을 언제나 경멸했던 것이다. 특히 어려서부터 잘 먹는 사람, 지금은 전문가가 된 주쯔예를 만난 뒤부터 그런 사람을 보면 메스껍기만 하다.

주쯔예는 자본가, 그것도 진짜배기 자본가라는데 결코 틀린 말은 아니었다. 자본가는 지주보다 강해 문화 소양도 갖추고 기술이나 경영 관리도 알고 있다고 말하는 사람도 있다. 이 말에는 나도 동의한다. 그러나 주쯔예만은 예외다. 그는 주택 자본가로 우리가 사는 이 골목의 주택은 거의가 그의 것이다. 그는 남을 착취하는 기술은 없었고 단지 세 마디만 할뿐이다.

"방세 내!"

심지어 이 세 마디도 꺼낼 필요조차 없다. 왜냐하면 방세를 걷는 일은 브로커가 대신 맡았기 때문이다. 주택 자본가는 대체로 건축 기술을 알고 있다. 이러한 기술은 사회에서도 유용하게 쓰인다. 그러나 주쯔예는 여기에 대해서는 하나도 몰랐다. 그의 아버지는 똑똑한 부동산 업자였다. 항일 전쟁이 일어나기 전에 상하이에서 부동산 거래소를 열었는데, 상하이에 거주할 집이 있으면서도 쑤저우에 많은 가산을 매입했다. 항일전쟁 초기에 폭탄이 그의 집 지붕에 떨어졌지만 다행히도 재난을 모면했다. 그는 쑤저우의 외가댁 결혼식에 참석했기 때문이었다. 주쯔예는 잘 먹어서 생명을 보존할 수 있었으니, 먹는 걸 좋아하지 않았더라면 생존하기 어려웠을 것이다.

내가 주쯔예를 알게 된 시기는 그가 서른 살이 되었을 무렵이었다. 잘 먹는 사람은 모두 뚱뚱하다고 여기지 말라. 그렇지 않다. 그 당시 주쯔예는 버드나무 가지처럼 여위었다. 어쩌면 자신이 너무나도 여위게 된 것은 늘 많이 먹지 못했기 때문이고, 몸을 가눌 수 없을 정도로 살찐 사람은 도리어 많이 먹을 수 없다고 생각했을 지도 모른다. 잘 먹는 사람은 언제나 입만 생각할 뿐 몸은 돌보지 않는데, 이 말에도 일리가 있다. 주쯔예는 입도 생각하고 몸도 돌볼 만큼 충분한 돈을 가졌으나, 옷에 대해선 전혀 신경 쓰지 않았다. 일년 내내 중고의 장포에 마고자를 걸치고 다녔는데, 모두가 헌옷 가게에서 산 옷이다. 사와선 곧장 몸에 걸치고 다니다가, 벗어버린 더러운 옷은 도리어 목욕탕에서 '잊는다'는 것이었다. 그가 결혼했다고는 하지만 그의 신변에는 아이나 여인이 없다. 딱 한 번, 그가 요사스럽고 아름다운 여인과 삼륜차를 타고 후추[3]로 바람 쏘이러 가는 모습을 보았지만, 나중에서야 그 여인이 차를 세내지 못해 태워 달라고 부탁하기에 주쯔예도 전혀 거리낌 없이 태우곤 그녀에게 차비 절반 값을 내게 했다고 한다.

주쯔예의 상하이 집은 없어졌고 지금은 쑤저우의 집에서 혼자 산다. 이 집은 1920년대 말기의 서양식 건축으로 방충망 문, 망사 창문과 카펫이 있고 게다가 위생 설비까지 갖추었다. 베란다에는 커다란 물통 두 개가 있는데, 그 물은 전기 펌프로 우물에서 뿜어 올린 것이다. 2층짜리 작은 서양식 주택은 커다란 뜰의 뒤편에 있는데, 앞쪽에는 여섯 칸의 단층집이 있었다. 문간방, 주방, 모터실, 창고 및 하인의 침실이 모두 이곳에 있었다.

나의 이모와 주쯔예의 고모는 사촌 자매이기 때문에 항전 후기, 나의 부친이 세상을 버린 뒤에 주쯔예의 주택으로 이사 와서 앞쪽 단층집에 살게 되었다. 방세를 내지 않는 대신에 처리해야 할 의무는 두 가지였다. 하나는 주쯔예의 문지기 역할을 하는 것이고, 다른 하나는 나의 어머니가 주쯔예의 가사 일을 도와줘야한다는 것이었다. 이 두 가지 의무는 모두 부담스럽지 않았다. 주쯔예는 일찍 나갔다가 늦게 돌아오는 편이고 가사라고 할 만한 일도 없었으며, 여태껏 어머니에게 무엇을 해달라고 요구한 적도 없었다. 도리어 어머니는 보고만 있을 수 없어서 이불과 요를 뜯어서 빨고, 먼지를 털어내고 창문을 열어두었다. 그러나 그는 달갑게 여기지 않고 오히려 일이 많아졌다고 귀찮아하며 못견뎌했다. 그의 개념으론 집이란 침대에 불과했다. 그가 침대에 오를 땐 언제나 술과 밥을 배불리 먹고 마신지라 곧바로 베개에 기대어 코를 골았다.

주쯔예는 늦잠과는 인연이 없었는지 일찍 일어났다. 그의 위장은 때가 되면 꿈틀거렸는데 자명종과 마찬가지로 거의 정확했다. 눈이 떠지기만 하면 그의 두뇌엔 한 가지 생각이 떠올랐다.

"얼른 주홍싱[4]에 가서 터우탕미엔을 먹어야지!"

이 말에는 해설이 필요하다. 그렇지 않으면 쑤저우 사람이나 쑤저우의 중년, 노인들만 이 말뜻을 이해할 수 있고, 나머지 사람들은 이 말뜻의 유혹을 이해할 수 없을 것이다.

그 당시 쑤저우에는 주홍싱이라는 이름난 국수 가게가 있는데, 지금도 이위안[5]의 맞은편에 있다. 주홍싱에 얼마나 다양한 밀가루 음식이 있으며 그 맛이 어떤지에 대해서는 설명하지 않겠다. 메뉴에 모두 나와 있으므로 희한할 것이 없다. 그 가운데 먹는 방법을 설명하고 싶을 뿐이다. 먹는데 무슨 방법이 있단 말인가? 있다. 똑같은 면이라도 각기 먹는 방법도 다르다. 미식가는 이에 대해 자못 연구한 바가 있다. 예를 들어 주홍싱의 홀에 들어가 앉고는 "어이(그 당시는 '퉁즈'라고 부르지 않았다), ○○면 한 그릇." 하고 주문한다. 종업원은 잠시 뜸을 들이고는 더 큰 소리로 외친다.

"자아, ○○면 한 그릇."

종업원은 왜 잠시 뜸을 들이는가? 그는 손님이 조리 방법을 분부할까봐 기다렸던 것이다. 쫄깃쫄깃한 국수인지 아니면 흐물흐물한 국수인지, 묽은 국물인지 아니면 진한 국물인지, 비빔국수인지, 마늘잎을 많이 넣는지 아니면 마늘잎을 넣지 않는지, 기름을 많이 넣는지 기름을 적게 넣는지, 면을 많이 넣고 양념은 적게 넣는지 양념 그릇을 따로 준비하는지(양념을 면 그릇 위에 얹지 않고 다른 접시에 놔두어 먹을 때 젓가락으로 집어오는데 그 모습이 마치 아치형 돌다리를 통과해야 입에 넣을 수 있는 것과 같다) 등, 주쯔예가 주훙싱의 홀에 앉게 되면 그 점원이 잇달아 외치는, 은어 같은 말을 들을 수 있다.

"자, 칭차오샤런 한 그릇, 국물을 많이 붓고 마늘잎을 많이 넣고 양념을 많이 넣되 양념 그릇을 따로 준비해주고, 면발은 쫄깃쫄깃하게!"

면 한 그릇의 조리 방법은 눈이 어지러울 정도로 복잡하지만 주쯔예는 이러한 것을 중시하지 않는다. 그에게 가장 중요한 것은 '터우탕미엔'을 먹는 일이다. 이곳은 한 솥의 국물로 국수 천 그릇을 만다. 만일 천 그릇째 말았다면, 그 국수물은 끈적끈적해져서 거기에서 나온 면은 그다지 신선하지도 않고 뭉쳐서 생 밀가루 냄새가 난다. 주쯔예는 이러한 면을 먹으면 하루 종일 힘이 빠져 무얼 해도 뜻대로 되지 않는다고 여겼다. 그래서 그는 오블로모프[6]처럼 침상에 누워 일어나지도 못하게 될까봐, 반드시 새벽에 일어나 급히 세수하곤 주훙싱의 터우탕미엔을 먹으러 갔다. 먹는 예술은 다른 예술처럼 시공 관계를 반드시 확고하게 파악해야 한다.

주쯔예가 눈을 부비며 대문을 나설 때 인력거를 끄는 아얼도 이미 인력거를 문 입구에 끌어다놓았다. 주쯔예는 인력거에 느긋하게 올라 머리를 기울이고 발로 두드리고 인력거 종소리를 울리며 터우탕미엔을 먹으러 갔다. 다 먹고 나서는 다시 아얼의 인력거를 타고 창먼스루의 찻집으로 갔다.

쑤저우의 찻집은 도처에 깔렸는데, 주쯔예는 왜 창먼스루에만 가는가? 이것은 연구할 만한 가치가 있다. 그 커다란 찻집에는 일반 차 마시는 손님과는 격리되어 있는 방이 있는데, 그곳엔 붉은 탁자와 등의자가 놓여있어 자신만의 공간이 되었다. 그곳의 물은 천연수이고 차 잎은 직접 둥팅둥산[7]에서 사왔다. 물은 질항아리에 넣어 끓이고 연료는 소나무 가지를 썼으며, 차는 이싱에서 나는 보라색 사기 주전자에 끓였다. 먹고 마시는 것은 불가분의 통일체다. 무릇 미식가라고 부를 수 있는 사람은 루위[8]와 두캉[9]의 제자다.

주쯔예가 찻집에 들어선 뒤 그의 친구들도 속속 나타났다. 미식가들은 간단한 아침식사 이외에는 결코 단독으로 행동할 수 없었다. 행동할 때는 최소한 4명, 많게는 8명을 초과하지 않는다. 이는 먹는 내용물에 따라 결정되는데 쑤저우 요리는 그 완전한 풀코스를 갖기 때문이다. 예를 들어 처음에는 냉채, 이어서 뜨거운 요리, 그 다음에는 단맛의 음식, 그 뒤에는 큰 접시에 담긴 요리가 나오고 그 다음에는 간식이 나오며 마지막으로 탕이 나오면 끝을 맺게 된다. 이 대형 장막극을 한 사람만 볼 수 없으며, 한 막만 봐서는 거기에 담긴 의미를 이해할 수 없다. 그러므로 미식가들은 반드시 단체로 행동해야 한다. 먼저 찻집에 앉아 어제의 미식을 음미하고 득실을 평론하는 제1단계는 만담회다. 회의가 끝나면 바로 본론에 들어가는데, 신중을 꾀하기 위해 시간을 내서 오늘은 어디로 갈 것인지, 신쥐펑,[10] 이창푸[11]로 갈 것인지 아니면 쏭허러우[12]로 갈 것인지 상의해야 한다. 만일 이곳에서 음식을 질리도록 먹었다면 그들은 무리지어 멀리 나가는데, 한 사람당 인력거 한 대씩을 세내거나 아니면 네 명이 마차 한 대로 합승하여 간다. 그 모습이 위풍당당하고 말발굽 소리는 우렁찬데, 이들은 무두[13]의 스자판덴[14]에 가서 바페이탕[15]을 먹고 펑차오전에서는 다미엔을 먹거나 혹은 창수로 가서 자오화쯔지[16]를 먹는다. 그렇지만 애석하게도 나는 쑤저우와 인근의 미식을 상세하게 묘사할 수는 없다. 이로 인해 쑤저우의 여론을 가져다줄 수 있기 때문이다. 소설의 부작용은 왕왕 예측하기가 힘들다.

나와의 관계

만일 주쯔예 자신이 먹고 마시는 일이 나와 무관하다면 나는 그를 강렬하게 혐오할 수 없을 것이다. 그는 미식가고 난 가난한 학생이기에 원래는 평안하게 지낼 수 있었다. 그러나 내가 앞에서 이야기했다시피 주쯔예는 아침과 점심을 먹지만 저녁은 먹지 않는다.

주쯔예는 점심을 먹은 후엔 목욕탕에 간다. 그가 목욕탕에 가는 건 결코 목욕하기 위해서가 아니라 편안한 곳을 찾아가 풍성하게 먹은 요리를 소화시키기 위해서다. 속담에 '배고프면 졸리고 배부르면 움직일 수 없다'고 했다. 주쯔예가 한 끼를 배불리 먹은 뒤에는 그의 두 다리는 묵중하고 두뇌는 혼미해지며, 만족감을 느끼고 편안하면서도 나른한 신선 세계에 빠지는 듯하다. 그는 흔들거리며 아얼의 인력거를 타고 바람같이 목욕탕에 갔는데, 그 모습이 마치 병원 응급실에 실려 가는 것 같았다.

주쯔예는 목욕탕에 가면 손가락 하나 까딱하지 않는다. 단지 손으로 커튼을 열 뿐이다. 커튼이 열리면 카운터에 앉은 사람이 고함을 지른다.

"주 사장님 오셨습니다."

주쯔예가 언제 사장을 했는지는 아무도 알 수 없지만 자본가에게는 응당 '라오반'이라 불러야 한다. 그러나 당시 '라오반'이라는 존칭은 유행하지 않았다. 첫째는 서양티가 나지 않고, 둘째는 라오반에도 대소가 있어 부부가 공동으로 운영하는 식당이라도 하나 열어야 라오반이라고 부를 수 있었기 때문이다. 사장은 상황이 다르다. 외국상점 사장, 회사 사장처럼 거래량이 많고 돈 씀씀이가 헤퍼서 팁을 줄 때도 2~3위안 정도가 아니며, 50위안짜리 관금권[17]도 거스름돈을 받을 필요가 없다. 그래서 주 사장님이 왔다는 소릴 들은 종업원들은 즉각 두 사람을 시켜 양쪽에 한 사람씩 서서 주쯔예를 특실로 모셔갔다. 이 특실은 지금의 고급 초대석과 비슷하여 침대 두 개와 에나멜로 칠한 욕조가 있으며 세면기와 샤워기 노즐도 있었다. 다만 면적이 비좁고 에어컨 시설이 없었다. 아무래도 좋았다. 겨울에는 증기가 나왔고 여름에는 화성[18]표의 선풍기가 매달려 있어서 네 개의 나무판자가 머리 꼭대기에서 끊임없이 돌아갔다.

주쯔예는 방에 앉아 있으면서 마치 중병 환자가 병실에 온 것 마냥 손가락 하나 까딱하지 않았다. 종업원들은 찻물을 바치고 때밀이는 물을 갖다 놓았다. 심지어는 양말을 벗는 것도 자신의 힘을 들이지 않았다. 주쯔예는 힘들이길 원치 않아 멍하니 위에만 신경을 쏟았다. 그는 먹는 것이 일종의 향수지만, 소화시키는 것도 일종의 절묘한 아름다움이라고 여겨, 반드시 몰두하여 체득해야하며, 바깥

사물로 인해 주의력을 분산시킬 수 없다고 생각했다. 정력을 집중시키는 가장 좋은 방법은 온수에 몸을 담그는 것이다. 이때 세상의 모든 현상이 공허해지고 온갖 생각은 모두 부서지며, 단지 위만 가볍게 꿈틀거려 말로 표현할 수 없는 쾌적함과 달콤함을 온몸으로 느끼게 되었다. 이것은 미식을 맛보는 것과 동공이곡의 묘미가 있지만, 이 두 가지는 서로 대체할 수 없었다. 그는 이처럼 사지를 움직이지 않고 두 눈을 반쯤 감은 채 욕조에서 먼저 30분간 몸을 불린다. 몸을 담근 후 정신이 혼미해지고 졸릴 때가 되면 때밀이가 큰 목판을 메고 들어온다. 그는 주쯔예를 욕조에서 끌어내어 목판을 욕조에 깔고 주쯔예를 '수술대'에 눕힌 다음, 때밀이 작업을 시작한다. 독자들은 때밀이란 글자를 사람들의 새로운 때를 민다는 협의의 개념으로 이해하지 마시라. 아니다. 날마다 목욕하는 주쯔예에게 밀 때가 어디 있겠는가? 이 때밀이는 그의 입장에선 실제로 오래된 안마술이며 피동적인 운동인 셈이다. 식후에 백 걸음을 걷는 것은 장수하는 길이라고 인식하지만, 이를 실행하려면 스스로 두 다리를 움직여야 한다. 때밀이는 이와 달라서 사지의 근육을 풀고 '수술대'에 누워 위아래로 안마를 받고 팔다리를 폈다 오므리며 좌우로 몸을 돌리고 몸을 거꾸로 세워놓는데, 똑같은 운동 효과를 거둘 수 있으니 그 자신은 아무 힘도 쓸 필요가 없다. 진정한 미식가는 반드시 소화 방법에 정통해야 한다. 만일 먹고 나서 소화시키지 않으면 계속

일을 할 수 없을 뿐 아니라, 매우 위험하기까지 하다.

주쯔예의 이러한 운동 시간은 그렇게 길지 않다. 대체로 30분을 넘지 않는다. 그런 다음 침대에 누워 풀코스의 번잡한 과정을 시작하게 된다. 발 안마, 근육 안마, 어깨 안마, 대퇴부 안마 등. 다리 두드리기는 마지막 과정인데 최면술과 연관이 있는 듯하다. 주쯔예는 가볍고 낭랑하고 리듬감 있는 두드림 소리를 들으면 마음이 트이고 기분은 상쾌해져 점점 잠에 빠져 들었다. 이렇게 최소한 세 시간 정도 자는데, 다음 끼니를 위해 자면서 위 속의 음식물을 모조리 소화시켜 비워버린다.

주쯔예가 막 깨어날 때 나도 학교에서 돌아온다. 책가방을 놓자마자 어머니가 통지해주었다.

"오늘은 아직도 위안다창[19]에 있단다. 빨리 가봐!"

나는 어머니의 말을 이해했지만 주쯔예는 아직 저녁도 먹지 않은 상태였다.

주쯔예의 저녁 식사는 이채를 띠는데, 소설 쓰는 것과 마찬가지로 다음 장면은 결코 상편과 같아서는 안 된다. 따라서 그는 국수집이나 식당으로 가지 않고 술집으로 갔다. 그들은 점심 식사 한 끼를 맛보기 위주로 하는데, 그들의 말을 빌리자면 '맛보기'라고 한다. 그래서 먹을 때는 대부분 화댜오[20] 몇 잔만 마시지, 고량주는 한 방울도 입에 대지 않는다. 고량주를 마시면 입이 얼얼하고 혀가 마비

되어 미각이 무뎌져 맛의 차이를 음미해낼 수 없다고 여겼다. 저녁에는 마음을 비우고 실컷 마시는데, 술 취한 뒤엔 쿨쿨 잠들어 불면의 고통을 느낄 수 없으리라 여긴다. 따라서 반드시 주점에 가곤 했다.

쑤저우의 주점엔 술만 팔고 요리는 팔지 않는다. 많아봐야 말린 간두부, 기름에 튀긴 잠두콩, 매운 배추김치 등속이 있을 뿐이다. 쿵이지[21]는 이러한 것만 있으면 된다. 군자의 뜻은 술에 있지, 요리에 있지는 않다. 그러나 미식가는 그렇지 않았다. 그들은 군자보다 돈을 많이 가지고 있어 술도 신경 써서 마시고 요리도 소홀히 하지 않았다. 똑같아서도 안 된다. 이에 그들은 쑤저우 식품 중의 다른 체계, 즉 간식으로 바꿨다. 나는 쑤저우의 간식거리에 대해 많이 쓰고 싶지 않다. 앞에서 이야기한 원인 외에도, 이는 내가 혐오하는 사람에 의해 멋대로 조종당한 고통스런 기억을 상기시켜 주었기 때문이다.

쑤저우의 간식은 어느 특정한 상점에서 파는 것이 아니라 큰길가나 작은 골목에도, 다리 어귀에도 어디든지 깔려있다. 어느 점포나 노점, 그리고 어깨에 메고 손에 든 행상들도 연도에서 판다. 만일 독특한 간식을 안주로 삼는다면 한 종업원만 상대할 수가 없어서 반드시 길거리에 나가 사방에서 거둬왔다. 아마도 내 다리가 긴 탓인지라 주쯔예는 어머니와 상의했다.

"당신 아들 가오샤오팅은 매우 영리하니 내 일을 도와주는 게 좋지 않겠소? 나도 당신을 푸대접하지 않으리다."

어머니는 당연히 승낙했다. 그녀는 남의 집에 살면서도 방세를 내지 않았고 또 해야 할 가사도 없었던 터라 마음속으로 늘 송구하여 양심의 가책을 받지 않도록 주쯔예를 위해 일을 해주고 싶어 했다. 가련한 어머니는 착취란 글자를 몰라서 모든 현존의 사회 법규를 인정했다. 그녀는 아들을 교육시키느라 잘 먹지도 못했지만 주쯔예가 먹는 것에 대해선 반대하지 않았다. 그것도 일종의 '먹을 복'이며 잘 먹는 것과 먹을 복은 전혀 다른 것이라 여겼다. 그러나 나는 도리어 그것을 한가지로 보는지라 어쨌든 주쯔예를 대신해 심부름하고 싶지 않았다. 당당한 고등학생이 어떻게 먹보의 심부름꾼이 될 수 있단 말인가!

어머니는 또 울었다. 우리는 부친이 세상을 떠난 뒤 가정 형편이 빈곤해져서 큰형이 원양어선을 타고 벌어다주는 돈으로 생계를 꾸리고 있었다.

"가거라, 샤오팅. 우리 머리는 남의 하늘을 받치고 있고 발은 남의 땅을 밟고 있잖아. 남의 집에 살면서도 방세, 물세, 전기세도 내지 않는데 계산해보면, 우리들 식비와 상당할거야. 주 사장님이 말하지 않았으면 넌 공부도 못하고 우리 가족은 길바닥에서 지내게 됐을 거다. 네 아비가 일찍 세상을 떠난 탓이야. 제발 부탁한다……"

나는 큰일을 위해 치욕을 참으며 날마다 대바구니를 들고 주점 입구에서 기다렸다. 꽃등이 처음 켜지고 네온사인이 온 거리를 환하게 밝힐 때가 되면 주쯔예는 그의 친구들과 인력거를 타고 왔다. 반짝반짝 빛나는 인력거는 구리방울을 '땅땅' 울리고 나팔을 '와와' 하고 울리면서 승천하는 용처럼 사람들 틈에서 길을 비집고 나와 주점 입구에 서서히 멈췄다. 그들은 하나같이 깨끗하게 씻었고 온 몸엔 비누냄새를 풍겼으며 온 얼굴엔 붉은 빛이 나 득의만면했다. 주쯔예의 인력거는 언제나 앞에서 달렸는데, 인력거꾼 아얼은 매우 건장하면서도 활기차게 보였다. 아얼이 주쯔예의 무릎 위에 담요를 벗겨주면, 그는 대번에 가볍고도 민첩하게 내렸다. 주점 입구에서 그들을 맞이하는 사람은 주인이나 점원이 아니라, 남루한 옷을 입고 온 얼굴에 땟국물이 가득한 거지들로 구성된 의장대 대열이었다. 거지들의 두 손은 앞으로 평평하게 뻗고 입으로는 '나리' 하고 외치면서 마른 나뭇가지 같은 손을 그의 좌우에서 떨고 있었다. 주쯔예는 일찌감치 준비라도 한 듯 손을 흔들고 지폐 한 장을 거지들의 우두머리 위로 날리며 "가라, 가."라고 말했다.

거지들의 왕초가 손을 흔들자, 거지들은 '와락' 소리를 내며 흩어졌다. 나는 손에 대바구니를 들고 문에 기대 서서 지켜보았다. 배가 고파 창자에서 꼬르륵 소리가 나는 거지가 주쯔예의 앞으로 달려왔다. 이 거지가 특수한 까닭은 그가 지리역사, 자유평등에 대해 알고 있고 『삼민주의』[22]를 읽었기 때문이다. 그는 잘 먹는 것을 반대했고 인간의 존엄에 대해 알고 있었다. 거지들이 와르르 소릴 내며 흩어져서 나를 드러내게 했을 때, 나는 화가 치밀었고 부끄러워 얼굴에 진땀이 나서 손에 든 대바구니를 주쯔예에게 내팽개치고 싶었다. 그러나 나는 화를 꾹 참고 주쯔예의 손에서 돈을 건네받았다. 그의 분부대로 루가오쩬[23]으로 가서 돼지고기 장조림을, 마웅자이에 가서는 들짐승 고기를, 우팡자이에선 오향 갈비를, 차이즈자이에선 새우 건어를, 아무개 노인 집에선 술에 절인 거위를, 쉬안먀오관[24]에선 기름에 튀긴 삭힌 두부를 사왔는데, 그러한 귀재만이 알 수 있는 곳에 가면 귀재만의 독특한 간식을 찾아낼 수 있었다.

내가 대바구니를 들고 골목을 지나다니자 쑤저우 야경이 내 눈앞에 번갈아가며 가물거렸다. 이쪽 거리는 빌딩, 미주, 이황,[25] 서피,[26] 그 네온사인이 길에 깔린 돌을 오색찬란하게 비췄다. 저쪽 골목은 가로등불이 어두워 죽은 것처럼 고요했으며, 노부인이 쓰레기통 곁에서 채소 부스러기를 줍고 있었다. 이쪽에서는 술잔과 요리그릇이 교차하고 유명한 요리가 계속 나오며 가위바위보 게임과 주령[27] 놀이를 즐겼다. 그런데 저쪽에서는 수많은 사람들이 그림자처럼 쌀집 입구에 줄서 있었다. 등에 분필로 쓰인 번호를 단 사람들이 내일 새벽에 배급될 쌀을 기다리고 있었다. 이곳에서는 어느 집의 결혼식이 있었는데 쑹허러우를 통째로 빌려서 마차, 삼륜차, 인력거가 관첸제[28]에 길게 늘어섰다. 신부는 고급 드레스를 어깨에 걸치고 긴치마를 땅에 끌었고, 출입하는 하객들은 양복에 구두를 신어 휘황하게 빛났다. 그러나 쉬안먀오관의 처마 아래에는 수많은 사람들이 마대 조각에 웅크리고 있었는데, 그중에 어떤 사람은 내일을 볼 수 없는 것처럼 보였다…….

朱門酒肉臭. 부잣집에선 술과 고기 썩는 냄새 풍기는데,
路有凍死骨. 길에선 얼어 죽은 사람 뼈가 뒹군다.[29]

이때 대중들이 다 아는 시구가 나의 뇌리에서 맴돌았다.

주쯔예는 도리어 나를 박대하려 하지 않았다. 늘 음식을 사고 남은 거스름돈을 내 호주머니에 쑤셔 넣어주었다. "가져!"라고 말하는 표정은 거지에게 줄 때와 흡사했다.

나는 눈을 부릅뜨고 꼿꼿이 서있었다. 막대한 모욕감을 느꼈다.

"가져가 네 할머니에게 고기 사드려라."

모욕감은 곧 슬픔으로 녹아들었다. 나의 조모님은 나를 어려서부터 키웠다. 그때 이미 76세였는데 이가 다 빠지고 반신불수에다가 정신도 그다지 똑똑치 않으셨다. 그러나 그녀의 위는 매우 좋은 편이라서 매일같이 고기를 자시고 싶어 하셨다. 그 고기는 소화가 잘 되고 달콤하고 느끼하지 않았다. 할머니는 물가와 화폐의 시세를 잘 알지 못했다. 할머니는 머릿속의 모든 것을 동전과 은전으로 계

산할 뿐이었다. 할머니는 형님이 매달 부쳐주는 돈의 액수가 몇 천 위안(이 돈으로 백 근이 넘는 쌀을 살 수 있다)인지 알고 있었다. 그런데 왜 스물여섯 개의 동전을 써서 고기 한 근조차 사주려고 하지 않는지 의구심이 들었다. 당시 삼백 개의 동전이 1위안에 해당했다. 할머니는 이 모든 것을 어머니에게 덮어씌웠다. 어머닐 패역무도하고 불효하며 노인을 구박한다고 욕했다. 게다가 케케묵은 고부 관계를 연관 지어 하소연하고 욕하면서 눈물을 흘렸다. 어머니는 아무리 설명해줘도 소용이 없자, 눈물을 흘리며 배급 쌀에서 돌을 골라내고 쌀을 일었다. 나는 양편에서 어쩌지도 못하고 마음만 찢어졌다.

내가 주쯔예의 잔돈으로 고기를 사가지고 돌아와 할머니의 침상 앞에 드렸을 때, 할머니는 드시면서 울었고 한편으론 떨리는 손으로 내 머리를 쓰다듬었다.

"손자가 낫군. 역시 네가 효자야. 할미가 널 헛되이 키우진 않았구나……."

난 이 말을 듣고 눈물이 주르륵 떨어졌다. 크게 소리 질러 울면서 하늘에게 묻고 싶었다. 그러나 나는 필사적으로 울음을 꾹 참고 할머니 침대에 엎드려 이불에 머리를 묻었다. 기왕지사 모욕을 참고 돈을 받아온 이상, 왜 할머니를 위로할 수 없는가?

"하늘에는 천당이 있고 땅에는 쑤저우, 항저우가 있다."

아! 이 말을 누가 발명했는지 모르지만 뻔뻔스럽게도 쑤저우를 항저우 앞에 놓았다. 전하는 말에 의하면, 이 지명의 배열에도 신중을 기했다고 한다. 항저우는 남송이 안거한 이후에야 비로소 "향그러운 봄바람에 사람마다 취했구나. 항저우가 깨지는 날, 볜저우 꼴이 되리라"[30]라는 시구처럼 됐기 때문이다. 그런데 쑤저우는 당대에 이미 "십만 가구에서 세금을 내고 오천 자제들이 국경을 지키게"[31] 되었다. 명대에 이르러는 "여성 삼천 명이 누각을 오르내리고 황금 십만 량이 물의 동서에 있게"[32] 되었다. 근 백년간에는 상하이가 우뚝 일어나면서 드넓은 외국인 거류지에서 정권 다툼을 하던 유식한 사람은 쑤저우에 저택을 가졌고, 부동산을 구매하여 그것을 소유할 수 있으면 나아가 진격할 수도 있고 물러나 지킬 수도 있었다. 쑤저우는 정치경제의 중심지가 아니라서 그다지 많은 관리 사회의 알력과 경영의 위험도 없었다. 또 전술가들이 노리던 지역도 아니었다. 오월 이후 2천 3백여 년 동안 중대한 전쟁이 쑤저우에서 발생한 적이 없었다. 다만 기후가 사람 살기에 좋고 물산이 풍부하며 풍경이 아름다울 뿐이다. 역대의 지주 관료, 거상, 도살용 칼을 내려놓은 불자, 때를 만나지 못한 문인 선비, 쓸모가 없어진 퇴기 등이 모두 쑤저우에 와서 노년을 보내길 좋아했다. 이처럼 돈 많고 문화 소양을 가진 사람들이 함께 편안히 살면서 즐겁게 일하고 있으니, 먹고 마시는 것과 노는 일은 빠질 수 없었다. 이렇게 하여 쑤저우의 원림이 천하에서 으뜸이 되었으며 먹는 문화도 절정에 이르렀다. 경치가 밥 먹여주지는 않는다. 날마다 쳐다보면 무미건조하게 된다. 그러나 세 끼 식사는 거를 수 없다. 쑤저우가 천당에 버금가는 으뜸의 자리를 차지할 수 있었던 까닭은 주로 쑤저우의 미식이 항저우를 뛰어넘기 때문일 것이다. 이것 역시 쑤저우 사람들의 자긍심이리라. 그러나 나는 당시 이것은 죄악이며 가장 불평등한 인간의 표현이라고 여겼다. 나는 지옥에 '천당'이 있는지는 모르지만 '천당' 속엔 확실히 지옥이 있을 뿐 아니라, 절대 대다수의 사람들이 지옥의 변두리에서 어슬렁거리고 있음을 안다. 사실대로 말하면 내가 공산주의를 믿기 시작했을 때 『자본론』이나 『공산당선언』을 읽어보지 않았다. 태반은 주쯔예 일당이 그렇게 만들었다. 말만 번지르르한 주의는 아무 소용이 없고 공산당만이 문제를 해결할 수 있을 거라고 느끼게 만들었다. 주쯔예의 부동산을 모두 빼앗는다면 그의 기분이 어떠할까?

나는 베이핑에서 전해온 노래를 몰래 불렀다.

산간 쪽은 좋은 지방이라
가난뱅이나 부자나 똑같네.
당신이 밥 먹으려면 일해야 하니
당신을 위해 소, 양이 되어줄 사람은 없다네.
……………………………………………………

이 노래의 곡조는 간단하다. 직접 부를 땐 날카로운 목소리로 힘을 뺄 필요가 없다. 나는 "부잣집에선 술과 고기 썩는 냄새 풍기는데, 길에선 얼어 죽은 사람 뼈가 뒹군다"는 시구에서 출구를 찾았다. 출구가 바로 거기에 있었던 것이다.

내가 해방구[33]에 가기로 결심한 때는 1948년 겨울이었다. 나는 해방구의 형세를 잘 몰랐다. 국민당이 아직 강대하여 미국의 원자탄을 가지고 있다고만 여겼다. 프롤레타리아가 전국적인 승리를 거두려면 몇 년, 몇 십 년의 피비린내 나는 분투를 거쳐야할지도 모른다. 나는 『강철의 흐름』,[34] 『궤멸』[35]을 읽은 적이 있어 혁명이 간고하고 피와 전쟁의 세례임을 알고 있다. 그래서 당시의 심정은 비장해서 전사할 각오까지 준비했다.

風蕭蕭兮易水寒,　　바람은 소슬하니 역수는 차가운데,
壯士一去兮不復還.　장사는 한번 가서 돌아오지 않네.[36]

당시의 심정은 형가가 고점리와 작별하는 것과 같았다.

나의 고점리는 쑤저우인데, 아름답고도 고난 받는 도시가 날 싸우게 만들었다. 떠나기 전에 나는 후추산에 올라 후푸거[37]에 앉아 아름다운 도시를 다시 둘러보았다. 안녕, 당신 아들의 피로 당신 신상의 때를 말끔히 씻겨 주리라! 저녁 무렵 나는 여전히 주쯔예에게 간식거리를 사다주고 루푸쟝팡[38]을 사와서 할머니 침상 앞에 갖다

드렸다. 드세요, 할머니. 손자가 굴욕을 참으며 받은 돈으로 사온 고기예요. 이번이 아마 마지막일 거예요! 나의 판단은 옳았다. 할머니는 가장 효도하는 손자가 실종된 것을 알고 3일간 울부짖다가 영원히 이 세상을 떠났다.

젊었을 때의 기억은 너무나 생생하다. '문화대혁명' 시기의 팻말, 시위, 굴욕, 학대는 지금은 거의 잊혀져 돌아보고 싶지 않은 유희인 것 같다. 그러나 30년 전 정든 고향을 등지고, 속으로 가족들과 이별하면서 어둠 속으로 달려가던 정경은 빠짐없이 기억 속에 남아있다. 아마 내가 영광스런 일만 기억하고 굴욕은 잊기 좋아했기 때문이리라. 그런데 왜 30~40년 전의 굴욕은 잊지 못하는가? 영화나 TV에서 부상당한 전사가 피바다 속에서 기어 올라가 총을 들고 복수의 구호를 높이 외치며 적을 향해 돌격하는 장면을 볼 때마다, 내 마음은 가라앉았고 두 눈에 눈물을 머금곤 했다. 이러한 장면은 많이 봐왔고 또 진부하게 느껴졌지만, 이러한 이야기를 아이들이 말하면 못하게 막았다. 아이들이 말을 꺼내면 꾸짖었다.

"망나니 새끼, 네가 무얼 안다고!"

유쾌한 오해

뜻밖에도 내가 해방구에 들어갔을 때는 너무 늦었다. 화이하이 전장의 초연이 이미 소멸되었고 총과 대포 소리도 가라앉았다. 해방구의 군인과 인민들은 최고조의 희열 속에 잠긴 채 창장을 건널 태세였다. 쟝제스[39] 관할 구역에서 온 우리 두 학생은 도중에 억류되어 간부 대오에 편입되어 군대를 따라 창장을 건너 도시를 접수하는 일을 맡게 되었다. 나는 쑤저우에서 왔으니 당연히 쑤저우로 돌아가야 했다. 나는 그곳의 크고 작은 거리 및 듣기는 좋지만 알아듣기 힘든 방언을 잘 알고 있는데다가 길안내도 편리했기 때문이다. 그러나 쑤저우에 가서 무슨 일을 해야 할지는 전혀 생각해보지 않았다. 그때 어떤 사람이 무슨 전도, 전공, 임금, 방 등의 이야기를 꺼냈다면 우리 '쁘띠부르조아'들은 그를 국민당이 파견했다고 확신했을 것이다. 혁명은 혁명이다. 무슨 짓을 멋대로 해도 된다. 우리들의 조직부장은 도리어 멋대로 처리하지 않고 개개인의 특기와 취미에 따라 배정해주었다. 그래서 매우 즐거운 장면이 출현했다.

조직부장은 20여 명의 학생 병사들을 한 사당으로 소집했다. 사당의 정중앙에는 사각 탁자가 놓여있고 탁자 위에는 공문서와 필기

도구가 놓였으며 20여 명이 양쪽으로 나눠 앉았다.

조직부장은 일찍이 교통대학[40] 기계과를 졸업한 지식인이다. 그는 우리 같은 학생에 대해 잘 알고 있었다.

"지금 여러분에게 일을 배정해주겠다. 조직에서는 가능하면 각자의 특기와 취미를 고려할 것이다. 여러분들이 문제에 대답하기 전에 잘 생각해보고 결정한 뒤에는 자유주의를 범하지 않길 바란다."

당시의 분위기는 본래 엄숙했지만 나의 학우, 별명이 딩다터우라고 불리는 사람 때문에 한계를 넘어섰다. 딩다터우의 머리는 사실 크지 않았지만 그의 지식은 광범위하여 천문, 지리, 역사, 철학에 대해서 약간 알고 있었다. 그의 두뇌에 든 것이 너무 많았기 때문에 머리가 보통 사람보다 조금 크게 보였다. 그가 맨 처음 부장에게 호출됐다.

"자넨 무얼 하고 싶은가?"

"아무거나 괜찮습니다."

딩다터우는 시원시원하게 대답했다.

그러자 부장은 눈을 부라렸다.

"아무거나가 뭐야? 조금 구체적으로 말해봐."

"구체적으로요…… 그것도 마음대로 하세요."

부장도 웃으면서 공문서를 뒤적였다.

"어느 분야에 대해 알고 있는 사람은 그 분야에 가서 일할 거야.

……다시 묻겠는데 자네가 가장 관심 갖는 일이 뭔가?”

“독서입니다.”

“그럼 왜 진작 말하지 않았나? 신화서점으로 가게.”

이 한마디 말에 딩다터우의 평생직장이 결정되었다. 나중에는 모 지방의 신화서점 점장이 되었으며 게다가 직무에 적합하고 정통한 사장이 되었다.

두 번째로 불려나간 사람은 쑤저우 출신의 여학생이다. 예쁘장하게 생겼고 무명천으로 만든 레닌복과 팔각 모자가 그녀를 씩씩하고 힘찬 모습으로 보이게 했다.

부장은 그녀를 힐끗 보더니 물었다.

“자네 노래 부를 줄 아나?”

“예.”

“<백모녀>[41] 한 소절 불러보게.”

“북풍은 불고…….”

여학생은 이렇게 목청을 빼어 불렀다. 그 당시 우리는 날마다 이 노래를 불렀기 때문에 어느 누구도 쭈뼛쭈뼛하지 않았다.

“됐네, 됐어. 문공단[42]으로 가게!”

이때부터 이 여학생의 운명도 나쁘지 않았다. ‘문화대혁명’ 전엔 민가를 불렀고 인기도 얻었다. 지금은 그녀의 노랫소리를 들을 수 없지만, 아마도 어디선가 후진을 양성하고 있으리라.

내 차례가 되었을 때 난감했다. 아무리 생각해도 내가 가장 좋아하는 것이 무엇인지 생각나지 않았다. 잘 먹는 것을 빼면 나는 어느 것이나 좋아하는 것 같았다. 나는 아무런 특기도 없었으며 노래를 불러도 쪼개진 대나무로 물 항아리를 두드리는 것 같았다.

부장이 기다리다 못해 물었다.

"설마 자네 단순 작업도 못하는 건 아니겠지?"

"할 수 있습니다. 부장님, 전 남을 도와 간식거리를 살 수 있으며 쑤저우의 음식점을 잘 알고 있습니다."

나는 이번 일이 절대 통하지 않을 거라고 생각했지만, 문제는 한 번에 해결됐다.

"좋아, 상업 일을 맡아보게. 쑤저우의 식품은 유명하잖아."

"아닙니다, 부장님. 전 먹는 것을 가장 혐오합니다."

"먹는 걸 싫어한다고? 좋아, 취사반에서 널 3일 동안 굶긴 다음 다시 얘기하도록 하지, 다음……."

끝났다. 한바탕 웃음 속에서 운명이 결정되었다. 그러나 나는 당시 결코 낙담하지 않았고 자유주의를 범할 생각도 없었다. 양쯔쟝은 노호하고 양안의 인민들은 함성을 질렀으며 도탄에 빠진 근로대중을 구하고자 했다. 사람이 사람을 잡아먹는 구 사회를 뒤엎어서 다시는 주쯔예 일당이 부패하고 기생충 같은 생활을 지속하지 못하게 하고 싶었다. 주쯔예, 주쯔예, 이번에는 당신 마음대로 되지 않을 것이다. 우리는 결코 당신의 배를 주리게 하지는 않겠지만, 최소한 당신 스스로 부뚜막을 설치하고 직접 음식을 해먹게 만들 것이다. 그리고 언제까지나 아얼이 당신의 인력거를 끌게 내버려두지 않을 것이다. 당신도 두 다리가 있으니 걸어 다닐 수 있을 것이다.

風蕭蕭兮江水寒, 바람은 차가운 양쯔쟝 위로 불고,
壯士一去兮復還. 출전한 병사는 한번 가서 다시 돌아온다.

나는 다시 쑤저우로 돌아와 몇 번 이주한 뒤 주쯔예의 문 앞에 살게 되었다. 주쯔예는 나를 '동지'로, 나는 그를 사장님으로 불렀다. 그는 퍽 오래된 싼파오타이 담배를 꺼내주었고 나도 급히 쌍푸표 담배를 꺼내 그것을 저지했다. 내게 이런 식으로 접근하지 말라는 뜻이었다. 당신의 고급담배에는 인민의 피와 땀이 스며들어 있어 피우게 되면 피비린내가 나는 것 같다. 주쯔예는 해방 초에는 약간 뒤가 켕겨서 공산당이 붙잡아 감옥에 넣을까봐 두려웠다. 콩밥을 먹을 수는 없었던 것이다!

오래지 않아 주쯔예는 침착하여 보통 때와 다를 바가 없게 되었다. 우리가 기녀를 단속하고 아편을 금지하며 지주의 죄행을 청산하고 반혁명을 진압하는 과정에서 삼반오반[43]에 이르기까지 그는 손가락 하나 다치지 않았기 때문이다. 그는 아편을 피우거나 도박도 하지 않았고 기녀에 대해선 더더구나 흥미가 없었다. 먹는 것 이

외엔 어느 것도 하지 않았다. 지주 죄행 청산 때에도 그를 다루지 않았다. 그는 공장이나 상점을 열지 않았으니, 오독[44]을 전부 가졌다거나 세금을 탈루했다고 말할 수 없었다. 그래서 그는 항상 엄지손가락을 곧추 세워 내게 말했다.

"공산당이 참 좋아. 지금 세상엔 강도나 소매치기도 없고 도박장, 아편굴, 불량배, 건달 등이 사라져서 천하가 태평하고 백성이 안정되었으니 정말 잘됐어!"

그의 말은 진심일지도 모른다. 그러나 나는 그를 위아래로 훑어보고 마음속으로 생각했다.

'당신은 노름하고 먹고 오입질하고 빈둥거리지 않았다고 왜 말하지 않는가? 도박과 오입은 하지 않았지만, 먹는 것과 빈둥거린 일은 많이 해왔다. 기다려라, 지금은 신민주주의 시대다.'

주쯔예는 결코 소극적으로 기다리지 않고 여전히 적극적으로 먹으러 다녔다. 예전처럼 아얼의 인력거를 타고 국수집에 가고 찻집에 다녔으며, 먹을 것을 사다 줄 사람을 찾았다.

당시 나는 일이 무척 바빠서 출퇴근이 따로 없었고, 일요일도 없었으며 아침부터 밤까지 일만 했다. 개혁 운동으로 바쁠 때는 사무실에서 잤다. 그러나 주쯔예는 나보다 더 적극적이었다. 내가 일어날 때 그는 벌써 인력거를 타고 나갔다. 내가 깊은 잠에 들었을 때야 그의 인력거가 집 앞에 당도하는 소리를 들었다. 그는 집에 도착

할 때마다 벨을 울리곤 했다. 구리방울 소리는 심야의 골목에서 징 소리처럼 울렸다. 그는 가끔 집에 돌아오지 않았다. 한여름 밤엔 양조주를 마시고 아예 공원의 정자에서 잤는데, 그곳엔 시원한 바람이 불고 양옥란의 향기가 풍겨왔다. 그는 점점 뚱뚱해져서 배가 불쑥 앞으로 튀어나왔다. 어머니는 그에게 말했다.

"주 사장님, 몸이 좋아지셨습니다. 마흔 살 정도 되어야만 뚱뚱해질 수 있는데."

그러나 그는 도리어 이렇게 말했다.

"아닙니다. 전 마음이 편해 살이 찌는 겁니다. 지금은 강도나 건달을 걱정할 필요도 없지요. 내가 돈 있다고 여기지 마세요. 종전의 세월은 지내기 어려웠습니다. 생일이나 일 년 사계절 각 절기 때마다 선물을 보내야했는데, 실수하면 남에게 죄를 지었지요. 무거우면 남에게 혹독하게 얻어맞고, 가벼우면 인력거로 똥을 던지는 경우도 있습니다. 그 식당만 하더라도 이전에는 조마조마했습니다. 한번은 우리 몇 사람이 즐겁게 식사하고 있는데, 갑자기 한 사람이 우리 방으로 뛰어 들어와 우리에게 자리를 양보하라고 합디다. 우린 그가 어떤 사람인지 몰라 몇 마디 섞었다가 결국 건달 우두머리에게 죄를 짓는 바람에 그 패거리들에게 한 대 얻어맞았고 또 황금 네 냥을 빼앗겼습니다. 지금은 좋아졌지요. 그놈들도 보이지 않네요. 어떤 놈은 쓰촨제[45]로 들어갔고 어떤 사람은 반동당단특등기처[46]에 등록되어 하나같이 집에 숨어 지내지요. 식당도 훨씬 편안해지고 사람은 적고 요리는 많고 가격도 싸서 전 양조주를 마시고 예전처럼 공원에서 잠자는데도 도둑을 걱정할 필요가 없습니다.”

주쯔예는 불룩한 배를 치면서 말했다.

“그러니 어떻게 살찌지 않을 수 있겠어요?”

나는 주쯔예의 말을 듣고 눈이 휘둥그레졌다. 혁명은 그에게 있어서도 해방의 의미가 있음을 어째서 생각하지 못했을까?

나는 심야에 주쯔예의 종소리에 의해 깨어난 뒤, 마음속에 번뇌가 생겼다. 이 쑤저우가 어째서 아직도 그들의 천당이란 말인가? 고생하는 대중이 해방을 얻었을 때 그 기생충도 이때를 틈타 더 살릴 수 있는 것이다. 나는 주쯔예를 건드릴 방법이 없었다. 그러나 난 지금 공산주의를 공개적으로 선전할 권리를 갖고 있으므로 먼저 인력거를 끄는 아얼을 선동키로 결정했다.

아얼은 골목의 첫머리에 살고 있는데 그 공동우물 곁에 있다. 그는 나와 나이가 비슷했지만 나보다 키가 크고 잘생겼으며 건장했다. 소싯적엔 둘이 골목에서 공차기 놀이를 하다가 공이 지붕으로 올라가면 언제나 그가 지붕에 올라가곤 했다. 그의 고향은 쑤베이인데 부친도 인력거를 끌었다. 부친이 인력거를 끌 수 없게 되자, 그 아들이 대신하게 된 것이다. 아얼은 매일같이 주쯔예를 세 번 태워주고 남는 시간엔 다른 장사를 했다. 그의 인력거는 ‘전세차’ 급에 속하여 고무가죽 천정, 나팔, 발로 밟는 구리방울이 달려 있었다. 겨울과 봄에는 탑승자의 무릎을 덮어주는 담요도 있었다. 아름다운 인력거를 잘생긴 인력거꾼이 끌고 있어 영업하기가 훨씬 수월했다. 특히 광장에 나가는 핑화[47]나 탄츠[48] 여배우들은 얼굴에 연지와 분을 바르고 눈썹을 그리고 립스틱을 바른 채 몸에 치파오를 걸치고 비파를 안고 가는데, 아얼의 인력거가 아니면 타질 않았다. 아얼이 그녀들을 태우고 시끄러운 시장을 민첩하게 지나가면서 나팔과 방울소리를 울리면, 모든 행인들이 그녀들에게 눈길을 주며 목례했다. 설령 서장[49] 입구에 도착했을지라도 아얼은 속도를 늦추지 않다가 갑자기 인력거의 끌채를 끼워 조이고 상반신을 뒤로 돌려 두 걸음을 제동시키면서 서장 입구의 계단 앞에 평온하게 정차시켰다. 그 모습은 마치 상하이표 자동차가 급정거하는 것과 똑같았다. 아름다운 눈매를 가진 여배우들은 비파를 안고 내린 후 허리를 흔들거리며 하이힐의 '또각또각' 소리와 함께 서장의 주렴 속으로 사라졌다. 그 자태는 고아한 위엄이 있었고 아름다웠다. 생각해보라. 아름다운 여배우가 허리 굽고 비틀거리는 노인이 끄는 낡은 인력거를 타고 '덜커덩'거리며 서장 입구에 온다면, 그게 무슨 꼴이란 말인가? 무슨 미감이 있는가? 사람들은 일상생활 속에서는 아름다움과 환락을 볼 수 없기 때문에 기꺼이 돈을 써서 예술가에게 요청하는 것이다.

상술한 여러 가지 원인으로 아얼은 비록 인력거를 끌망정 가정생

활은 그런대로 꾸려나갈 수 있었다. 내가 설득하러 갔을 때 그들 일가는 뜰에서 저녁을 먹고 있었다. 쌀밥에 요리 두 접시뿐이었다. 다른 접시에는 술에 절인 거위와 삭힌 두부가 있었으며, 그의 부친은 반 근짜리 황주를 마시고 있었다. 나는 인사 몇 마디를 하고서 본론으로 들어갔다.

"아얼, 해방된 걸 어떻게 생각해?"

아얼은 시원시원한 성격이라서 체험한 것을 거침없이 이야기했다.

"좋지. 지금 노동자 계급의 지위가 올라가서 감히 멋대로 때리거나 욕하는 사람도 없고, 인력거를 타고도 돈을 내지 않는 사람도 없잖아."

나는 듣고 나서 입을 삐쭉거렸다.

"에이 참, 넌 어째서 그렇게 보니? 노동 계급은 국가의 주인이니, 절대로 다른 사람의 소나 말이 될 수는 없는 거야."

"난 남의 소나 말이 된 적 없어."

"없다고? 네가 하는 일이 뭔데?"

"인력거 끌잖아."

"좋아, 옛날부터 지금까지 차는 기차와 자동차 이외에 모두 소나 말이 끌었잖아."

"짐수레는?"

"그…… 그건 짐을 운반하잖아. 사람을 태우진 않잖아. 사람마다 두 다리가 있고 병도 없고 장애인도 아닌데 왜 그들은 다리를 꼬고 인력거에 타고 있고, 너는 우마처럼 앞에서 달려야 하니? 이것을 평등이라고 할 수 있어? 네가 주인이라 할 수 있어? 인도주의는 더 말할 필요도 없지!"

아얼은 숨을 내쉬며 말했다.

"휴, 맞는 말이지."

아얼의 아버지도 한숨을 내쉬며 말했다.

"손님이 돈을 주니 방법이 없잖아."

"도~온!"

나는 돈의 음높이를 길게 끌어서 경멸의 뜻을 표시했다.

"주쯔예의 돈이 어디에서 나오는지 아세요? 그들은 노동 인민의 피와 땀을 착취한 거예요. 당신의 피땀으로 그를 편안하게 서비스하는 거죠?"

아얼의 눈썹이 올라갔다.

"그건 그래. 그놈은 인력거를 타면 빨리 가라는 둥, 넘어질까 두렵다는 둥 트집을 잡지."

나는 그 틈을 타서 쐐기를 박았다.

"문제는 주쯔예에게 있지 않아. 우리 청년들은 좀 더 멀리 봐야 돼. 우리 소련은……."

나는 끊임없이 소련에 대해 이야기했는데, 현재의 아무개 인사들이 미국에 대해 이야기하는 것과 같았다.

"소련의 노동자 계급은 모두가 국가의 주인이야. 무슨 일이건 그들이 찬성하지 않으면 통과될 수 없지. 그들이 하는 일은 자동차 운전, 오토바이 운전이나 트랙터 운전이지. 인력거를 끄는 사람은 없어."

나는 아얼 아버지의 술잔을 흘겨보며 말했다.

"몇 푼 벌자고 인력거를 끄는 것은 죄를 짓는 일이고 입에 풀칠할 뿐이에요. 소련의 노동자들은 양옥에 거주하고 자동차를 타며 집에는 소파, 녹음기도 있답니다. 황주 반근은 아무 것도 아니죠. 그들은 보드카를 마십니다."

맙소사, 당시 나는 근본적으로 보드카가 뭔지도 몰랐다. 몇 년이 지나서 몇 모금 마실 수 있었는데, 원래 우리들의 양식인 백주에 물을 탄 것 같았다.

아얼과 그의 아버지는 보드카가 어떤 건지 알지도 못했다. 그들은 이 이름을 처음 들었다. 노인은 혀를 차면서 보드카는 마오타이주[50]와 비슷할 거라고 생각했다.

아얼은 그제야 마음을 움직였다.

"아…… 에, 그럼 희망이 보이네요. 우리도 인력거를 끌지 맙시다. 아버지도 평생 우마 역할을 했잖아요."

물론 아얼이 보드카 때문이 아니라 자동차를 몰고 싶은 것임을 알고 있다. 당시 젊은 인력거 노동자들의 가장 큰 이상은 기사였으니까.

아얼의 아버지는 술잔을 들면서 말했다.

"하…… 빨리 먹어. 먹고 일찍 자거라. 내일 일찍 분식집에 가는 주쯔예를 태워야지."

헛수고했다. 내가 한참 동안 말했지만 그들은 듣지 않은 거나 진배없었다. 노인들의 사고란 보수적이어서 어쩔 수 없다!

나는 아얼을 그대로 놓아줄 수 없었다. 그를 우리 집에 놀러오게 하여 그에게 계속 이치를 설명해주고, 더불어 나의 경험에 비추어 이야기하며 비교해줄 작정이었다.

"날 보게나. 고등학교 졸업 후 한 학우가 나보고 시산[51]의 초등학교 교사로 가라 하더군. 월급은 매달 쌀 세 석이고 시장에 가서 비파나 양매를 먹을 때도 돈을 받지 않는대. 한 동학은 내게 홍콩의 대학에 가라는 거야. 그의 아버지가 홍콩의 사장님인데 내게 매달 홍콩 달러 80원을 줄 터이니 졸업 후엔 그의 회사에 취직하라더군. 내가 왜 가지 않았겠어? 사람이 살아가는 건 밥 먹기 위해서만이 아니고 더욱이 밥 먹기 위해서 자본가의 우마가 될 수는 없는 거야!"

나는 그에게 이야기해주고 『소련화보』를 빌려주면서 그에게 이미지를 보여주고 교육시키며 우리 청년들이 위대한 이상을 위해 분투해야 하는 이유를 설명했다. 사실대로 말하면 내가 소련에 대해서 어쩌고저쩌고 이야기할 수 있는 것은 모두 화보에서 보았기 때문이었다. 화보는 늘 아름답게 나오는 법이니.

아얼은 과연 깨달은 것 같았다. 그의 아버지와 사이가 틀어졌고 다시는 인력거를 끌지 않고 새로운 직업을 찾겠다고 했다. 나도 옆에서 힘껏 바람을 넣었다.

"좋아, 네가 이 길을 걷는 게 맞아. 가장 좋기론 공장에 취직해 산업 일꾼이 되는 거야!"

오래지 않아 아얼은 풀이 죽어 머리를 숙인 채 나를 찾아왔다.

"쑤저우를 다 뒤졌지만 공장은 고사하고 식당에서도 점원을 채용하지 않는다더군."

나는 급히 말했다.

"절대 낙담하지 말고 버텨야 해!"

"낙담하진 않지만 밥도 못 먹어 뱃가죽이 달라붙었어!"

나는 그 말을 듣고 조급해졌다.

"아, 중요한 문젠데 이겨내야 돼. 내가 널 도울 방법을 생각해볼게."

나는 아얼에게 돈 몇 푼을 쥐어주곤 나와 함께 도강한 적이 있는 동지를 민정국으로 찾아가보라고 했다.

그 동지는 듣더니 혀를 차며 말했다.

“네 친구는 일 처리가 너무 거칠어. 무슨 일을 해도 생각해보지도 않고 말이야. 지금 자본가들이 소극적으로 태업하고 자금을 빼돌리는 판인데, 공장 문을 닫지 않은 것만도 괜찮은 셈이야. 너 어디 가서 직업을 구하겠니?”

“자, 됐어. 내가 반성할게. 너도 언제나 위급한 상황을 보고도 구하지 않으려 말고 방법 좀 생각해봐.”

그 동지는 잠시 망설이다 말했다.

“이렇게 하자. 지금 실업 노동자를 등록시켜 일거리를 주어 구제해서 그들의 끼니 문제부터 해결해주자.”

일거리를 주어 구제하는 작업은 쑤저우성의 작은 하천을 준설하는 일이다. 이 일은 힘들지만 의미가 있었다. 구 사회에선 우리에게 더러운 오수를 남겨주었다. 우리는 이 오수를 맑은 물로 바꿔 명실상부하게 동방의 베니스로 만들고 천당을 더욱 아름답게 꾸미는 것, 이것이 우리 혁명 사업의 하나였다.

아얼은 이것도 혁명 사업이란 말을 듣고 두말 않고 노임도 묻지 않은 채 날마다 진창을 퍼내고 돌을 들어 날랐다. 일은 인력거를 끄는 것보다 몇 배나 힘들었지만, 매일 받는 노임은 고작 쌀 세 근이었다.

아얼의 아버지도 어찌할 수 없어 끼니를 때우기 위해 문 입구에 좌판을 벌려놓고 파와 생강을 팔 수 밖에 없었다. 그의 집은 공동우

물가에 있어 사람들이 왕왕 채소를 씻을 때, 채소 시장에서 파와 생강 사는 것을 잊어버린 걸 알았기 때문에 장사는 그런대로 좋았다. 그때부터 술에 절인 거위 고기와 황주 반 근도 끊게 되었다. 그 노인은 매일같이 나를 볼 때마다 언제나 사나운 눈짓으로 고개를 기울였다. 나는 마음속으로 송구스러워 언제나 속으로 노인을 위로했다.

"아저씨, 화내지 마세요. 언젠가 보드카를 드실 날이 있을 겁니다!"

나는 노인의 사나운 눈초리를 채찍으로 여겨 매일같이 자신을 때렸다.

"힘내서 하자. 사회주의의 조속한 승리를 쟁취하자!"

내가 심야에 무거운 두 다리를 이끌고 인적 없는 골목을 지날 때마다 아얼 집의 창문을 보면서 마음속으로 말했다.

"아저씨, 이 가오샤오팅이 언젠가는 당신의 체면이 서도록 만들겠습니다. 전 괴로움도, 피곤함도 두렵지 않습니다. 저와 아얼은 모두 내일을 위해 분투할 겁니다!"

아얼의 일 때문에 어머니도 내게 몹시 화를 내셨다.

"넌 어째 좋고 나쁨을 몰라보느냐. 주 사장님이 우릴 푸대접한 적 있니? 남이사 돈 내고 인력거 타는데 너하고 무슨 상관이야? 넌 왜 그와 대항해서 아얼네 살림을 망가트리고 주 사장님을 불편하게 만드는 거니? 아침과 저녁마다 거리에 나가 인력거를 부르고 어떤 때는 물에 빠진 생쥐마냥 흠뻑 젖었더라. 이 돼먹지 못한 놈!"

나는 결코 어머니와 논쟁하지 않았다. 해방 이후에도 어머니의 눈물을 흘리게 한 적이 없었다. 게다가 어머니의 도덕 관점을 나와 통일시킬 방법도 없고 어머니는 아직도 삼종사덕을 믿고 계시며 경극 속의 그 집 노비가 대단하다고 여기신다. 나는 어머니의 책망을 들은 뒤로 두 번 다시 주쯔예를 위해 거리로 나가 음식을 사러 다니는 사람을 선동하러 갈 수가 없었다. 그 사람은 노인이라서 진창을 팔 수가 없고 돌도 들 수가 없었다.

주쯔예도 내게 감정이 생긴 건지 두 번 다시 날 '가오 동지'라고 부르지도 않았고, 내게 담배도 권하지 않았다. 문 입구에서 나를 만날 때마다 고개를 숙이고 어깨를 스치며 지나갔다. 그의 의중을 파악할 수 없어 그가 날 증오하는지 아니면 기피하는지 알 수가 없었다. 어쨌든 그의 손에는 언제나 똑같은 것이 들려 있었다. 짚으로 엮은 가방인데 그 안에는 신발 두 켤레가 들어 있고 가방 위에는 양산이 놓여 있었다. 그가 새벽에 문밖을 나설 때 날씨를 가늠할 수 없기 때문에 인력거를 잡지 못할 경우 물에 빠진 생쥐 꼴을 면하기 위해 늘 우장을 휴대하는 것이었다.

나는 속으로 기뻐했다.

"당신이 조만간 당신 힘으로 벌어먹고 살려면 똑같이 배워야 한다."

전투가 시작되다

조직부장이 내 인사기록부에 뭘 기입했는지 모르지만, 내 일은 먹는 것과 벗어날 수 없었다. 모든 직업의 공사합영[52] 때는 그렇게 많은 정부 측 대표를 파견할 수 없었다. 나는 아는 것이 없음에도 불구하고 어느 유명한 식당의 사장으로 파견되었다.

이 식당은 나도 잘 알고 있었다. 그렇지만 해방 전에는 가본 적이 없었다. 단지 문 입구에서 호사스런 사람들만이 수없이 드나들고 거지들이 문 앞을 둘러싸고 쇼윈도에 진열된 맛있는 음식을 보면서 네온사인 조명 밑에서 침을 흘리는 모습만 보았다. 나는 안데르센의 동화 「성냥 파는 소녀」를 읽은 적이 있는데, 그 성냥팔이 소녀는 이 식당의 쇼윈도 앞에서 죽었을 거라고 생각했다.

내가 식당에 들어갔을 때는 한겨울로 하늘에서는 계속 눈이 내렸다. 새벽에 쌓인 눈을 밟고 식당 입구에 들어섰을 때, 내 마음이 갑자기 졸여들면서 성냥팔이 소녀가 정말 그곳에 있고, 성냥개비도 가득 놓여있을까 봐 두려웠다.

나는 식당에서도 좌불안석이었다. 특히 우쭐거리고 거들먹거리며 먹고 마시는 행위는 눈뜨고 봐줄 수가 없었다. 한 탁자의 음식 가운데 3분의 1이 낭비되었고 개수통에는 생선과 쌀로 가득했다. '부잣집에선 술과 고기 썩는 냄새 풍기고'는 도리어 '식당에선 술과 고기 썩는 냄새 풍기고'로 바뀌었다. 만일 그대로 내버려둔다면 나는 무엇에 대해 혁명해야 하는가!

나는 먼저 전체 종업원 토론회를 열어 이 식당이 결국 누구를 위해 서비스하며 식당에 와서 거들먹거리며 먹는 사람 가운데 대체 노동자, 농민은 얼마나 되는가, 지주 관료와 자산계급은 얼마나 되는가를 알아보고자 했다. 토론할 필요도 없었다. 이는 전투를 위한 동원일 뿐이었다. 종업원들 모두 알다시피 농민들은 근본적으로 우리 식당에 올 수 없었다. 그들은 화려하고 웅장한 문을 보기만 해도 두려워하고, 한 끼니로 몇 석이나 되는 쌀을 소비하는 줄 모른다. 차라리 쉬안먀오관의 좌판에 가는 것만 못하다. 맛도 괜찮고 가장 비싸봐야 3마오밖에 되지 않는다. 노동자들이 특별한 일이 아니면 평생 몇 번이나 이곳에 올 수 있겠는가? 그러나 모두 다 주쯔예를 알고 있고, 모두 다 그들의 먹는 방법과 입맛을 알고 있다. 종업원들은 그들 단골들의 명단을 다 외우고 있는데, 길고 긴 명단 가운데 무산계급은 하나도 없었다. 그 가운데 몇몇 고급 직원의 성분은 결정하기 힘들었다. 나이든 종업원 장 사부의 의견으론, 그들 가운데는 사장의 친척이나 사장의 총애 받는 사람, 주주도 있다고 했다. 물론 매일 먹으러 오는 사람들이 전부 다 고객인 것은 아니었으나,

모든 손님을 등기부에 등록시키고 이름, 성별, 생일, 민족, 직업, 주소를 기록할 수는 없었다. 그러나 나이든 종업원은 손님의 신분을 판단하는데 경험이 있어 그들의 의복, 행동거지, 표정, 특히 요리 주문 방법을 보고, 오는 손님들 대부분이 노동자, 농민이 아니라 최소한 다른 직업의 경력을 갖고 있음을 판단할 수 있었다.

개인 기업 개조를 실행하는 기간에 자본가의 심정은 결코 신바람이 나지 않았고 징을 치거나 북을 울리고 싶지 않았으며, 어떤 사람들은 징과 북소리에서 세계의 종말을 본 듯이 분분히 우리 식당에 와서 술을 사서 마셨다. 그들은 쑤저우의 유명한 요리를 넉넉하게 시켜놓고 식탁에 앉아 게걸스럽게 먹고 자꾸 잔을 권했다. 술이 얼근하여 귀까지 빨개졌을 때는 거침없이 말했다.

"친구들 먹게나. 그들 트랙터의 나사못을 먹어치우세!"

이 말은 은유다. 당시 우리는 트랙터를 사회주의의 표지로 삼았기 때문이다. 사회주의 농업이라 하면 소련처럼 대농장, 트랙터를 떠올리게 된다. "그들 트랙터의 나사못을 먹어치우세!"라고 한 말은 당연히 사회주의에 대한 불만이며 기고만장한 말투인데다가 매우 독설적이었다.

나는 수집한 자료에 주쯔예 일당에 대한 나의 이해를 역사에서 현상에 이르기까지, 족히 2만자가 넘는 방대한 보고를 써서 식당 개조에 대한 의견을 제출했다. 보고서의 입장은 선명하고 언사가 간절하며 자료가 생생하고 정확하여, 문헌으로 볼 수 있는 먹고 마시기 반대 선언서라고 할 수 있다.

간부는 나의 보고서를 칭찬하면서 즉각 본점에서 시행하라고 비준하고 경험을 쌓은 뒤에 전체 기업에 끌어올리려고 했다.

나는 광범하게 일을 벌였다.

우선 문 앞에 네온사인과 쇼윈도의 오색등을 없애버렸다. 나는 이 등불에 대한 인상이 매우 깊어서 눈을 어질어질하게 만드는 등을 보면 구시대가 생각났다. 나는 이 등불이 사람을 미혹시키고 타락시키며 황음무도하고 사치한 모종의 표현이라고 생각했다. 사치스럽고 방탕했던 시대는 이미 떠나 가버렸는데, 추악한 흔적을 남길 필요가 있겠는가? 치우자!

식당의 스타일도 고쳐야 한다. 노동자, 농민으로 하여금 어려움을 앞에 두고 뒷걸음질 치게 해서는 안 된다. 넓히고 간단하게 만들어야 한다. 왜 식당 안에 그렇게 많은 방을 만들어 놓았는가? 노동으로 벌어온 돈으로 떳떳하게 먹어야 하고, 오로지 피를 먹고 사는 사람만 살금살금 숨게 된다. 없애자! 작은 방을 철거하고 좌석수를 늘려 더 많은 노동자에게도 먹을 수 있는 기회를 줘야한다.

서비스의 방식도 고쳐야한다. 종업원은 심부름꾼이 아니라 노동자 계급이다. 늘 마포를 어깨에 메고 사람을 볼 때마다 고개를 숙이고 허리를 굽히며, 얼굴엔 온통 웃음을 머금고 남을 따라 왔다 갔다

하면서 경극을 연출하는 것처럼 마포를 이리저리 문질러서는 안 된다. 사람들은 모두가 동지다. 어째서 다른 사람보다 열등하고 어째서 그토록 허위적인가! 그릇, 젓가락, 컵, 잔은 고정된 곳에 놓아두면 된다. 누구는 스스로 가져다가 제 집에 돌아온 것처럼 편안하게 대접받고, 누구는 집에서 식사할 때 어르신을 제외하고 그릇, 젓가락을 가져가지 않는가!

이상의 세 가지 개혁에 대해 전체 종업원은 이견이 없이 모두 신선하며 혁명적인 냄새가 난다고 여겼다. 그러나 내가 개혁의 본질과 접촉하고 메뉴를 바꿀 때는 그렇게 쉬운 일이 아니었다.

나는 가장 중요한 일이 메뉴 개조라고 여겼다. 그렇지 않으면 형식주의로 흐를 수 있다. 무슨 쑹수구이위,[53] 쉐화지추, 셰펀차이신…… 같은 요리는 너무 비싸니 누가 먹을 수 있겠는가? 대중요리와 대중탕 같은 경우, 요리 한 접시와 탕 한 그릇에 5마오이니 한 사람이 배불리 먹기에는 충분하다. 나는 잘 먹으려고 하는 사람에 대해서 반대하지 않는다. 사람의 생활이란 언제나 변화가 있기 마련이며 혁명 대오도 자주 고기요리를 먹는데, 그것은 간단한 홍샤오러우[54] 한 접시뿐이다. 바이차이차오러우쓰,[55] 다쏸차오주간,[56] 홍샤오위콰이,[57] 칭차이스쯔터우[58]…… 등을 주문하면 충분할 것이다. 세상에 어느 노동자 집안에서 날마다 이런 요리를 먹을 수 있겠는가?

반대 의견이 분분히 나왔는데 모두 나이든 직원 쪽에서였다. 종업원 장 사부도 반대했다. 그의 말은 약간 허풍이 섞였다.

"아하, 이번에 식당 규모가 작은 밥집이 되겠구먼! 가오 사장, 차라리 철저하게 개혁하시지. 종업원에게 판자 두 개씩 주고 역 앞에서 밥집이나 차리게 하시게."

나는 듣고 나서 눈을 치켜뜨며 말했다.

"동지, 의견이 있으면 말씀하시되 좀 엄숙한 태도를 가져주세요. 이 일은 혁명 공작이지 고객들과 농담하는 게 아닙니다."

나는 그가 자산계급의 나리, 부인들과 몇 십 년 동안 상대해 와서 말의 의미를 깨닫지 못한 줄 알았기 때문에 특히 그에게 지적한 것이다.

"좋아, 의견 없어. 이렇게 하면 우리도 힘이 덜 들겠지."

이에 장 사부도 따르게 되었다.

"가오 사장, 내 의견이 부정확할 수 있겠지만 걱정되는 게 있어서……. 자, 이렇게 하는 것이 물론 옳겠지만, 이윤이 문제가 되지 않을까?"

그는 말하면서 수줍음을 탔다. 그는 원래의 주인과 친척이라서 삼반오반 운동 때 이미 피부가 벗겨졌기 때문이다.

"당신이 걱정하는 점을 제가 고려해봤습니다. 그러나 사회주의 기업은 인민을 위해 봉사하는 것이므로 결코 자본가처럼 이익만 추구할 수는 없습니다."

"맞아, 맞아."

회계원은 곧바로 고분고분해졌다.

죽어도 고분고분 따르지 않는 사람은 몇몇 유명한 주방장이었다. 지금의 직명으로 평가한다면 그들은 1급 내지 2급 수준이었다. 그들은 문장으로 이론을 내세우고 외국에 가서도 공연할 수 있는 수준급이었다. 그러나 나는 당시 이처럼 귀중한 요리 솜씨가 눈에 들어오지 않았다. 그들도 나 같은 풋내기는 안중에도 없었을 것이다. 특히 양중바오는 내가 그의 살을 도려내기라도 하는 양 보았다.

"그럼 일상 가정요리만 파는 거 아냐?"

"일상 가정요리가 어때서요?"

"일상 가정요리는 집집마다 만들 수 있는데, 하필 식당에 올까?"

"외출하는 사람들이 어떻게 솥을 메고 다닐 수 있습니까?"

"외출하는 사람들은 모두 천하의 유명 요리를 먹고 싶어 하잖아. 아, 쑤저우의 유명 요리는 홍샤오스쯔터우[59] 아니겠어?"

"그럼 손님은 어떤 사람들이라 봅니까?"

"모두 다지. 당신 같은 간부도 포함해서."

"제가 출장 나가면 매일 식비가 3마오, 식사 보조수당이 2마오, 한 끼에 5마오를 써버리면 아침과 저녁 두 끼는 못 먹잖아요!"

"모든 사람이 당신 같진 않잖아, 스스로 보태야지."

"보태라고요? 무슨 돈을요? 많은 사람들이 출장 가서 식사 때마다 공금을 횡령하겠군요.”

“만일 손님을 초대하면?”

“왜 손님을 초대해서 서로 결탁하게 만듭니까? 삼반오반의 교훈이 충분치 않은가보죠? 많은 사람들이 자본가에게 망가지는 것이 바로 초대 문화에서 시작된 겁니다. 눈꼴사나운 사람들의 수작이 바로 우리 식당의 작은 룸에서 나오는 것이죠!”

“결혼식에는?”

“결혼식이라고 해서 겉치레해가며 낭비할 수 없습니다. 사탕 몇 근 사서 축하 모임을 열면 됩니다. 우리 기관에서도 그렇게 합니다.”

이 말에 양중바오는 화가 나서 말했다.

“가오 사장, 자네 말은 모두가 잘 몰라서 하는 말이네. 기관은 기관이고 식당은 식당이야. 날 기관의 취사원으로 보내주게. 그럼 이견이 없겠지.”

나는 양중바오를 보며 눈을 치켜뜨고 입가까지 나왔던 말을 꾹 삼켰다. 나는 나이든 노동자에게 화를 낼 수 없다. 그의 근무 경력이 내 나이와 비슷하고 순전한 무산계급이기 때문이다. 그러나 나의 성분은 학생이고 소자산계급에 속하며 아무리 혁명해봤자 이룰 수 없으니 잠시 참을 수밖에 없었다. 하물며 그들이 반대하는 것에도 일리가 있었다. 이번 개혁에 그들의 재능을 발휘할 여지가 없었기 때문이다. 바이차이차오러우쓰 만드는데 무슨 뛰어난 기술이 필요한가. 이건 나도 만들 수 있다. ……그렇다, 그들의 기술을 발휘할 수 없는 건 아까운 일이다. 기관의 취사원으로 파견하는 일은 비록 화가 나서 한 말이지만 교류처의 취사원을 맡으면 적당할 것도 같다…….

회의장이 조용해졌다.

나는 딱딱한 분위기를 탈피하고 싶어서 시선을 청년들에게 던졌다. 그때 나는 깨달았다. 국면을 타개할 수 없는 일을 만날 때마다 가장 좋은 방법은 청년들을 선동하여 앞장서게 하는 것이다. 그들은 보수적이지 않고 용맹심이 있어 경계선을 돌파해도 무방하며 그런 다음에 다시 끌어들이는 것이다. 잘못된 것을 바로 잡으려다가 너무 지나치면 오히려 망칠 수도 있다. 이 일도 마찬가지인 것이다.

"청년 동지 여러분, 말씀하세요. 여러분도 식당의 주인이고 미래는 여러분 손에 달려 있습니다. 말씀해보세요"

젊은 직공들은 웃기만하고 나이든 사부를 보거나 나를 쳐다봤다. 양측이 모두 난감해져서 일시에 마음을 정하지 못했다. 그 가운데 바오쿤넨이라는 젊은 종업원이 있었는데, 아직 도제 견습 기간이 끝나지 않았지만 그의 말에는 조리 있고 수준이 있었다.

"동지 여러분, 우리 식당은 반드시 개혁해야 합니다. 철저히 개혁해야 합니다. 다시는 나리들을 위해서가 아니라 노동자, 농민, 병사들을 위해 봉사해야 합니다. 이러한 봉사는 절대 허튼소리가 될 수 없으니 메뉴로 증명해야 합니다. 무슨 요리를 할 것이냐는 바로 누구를 위해 봉사하느냐의 문제입니다. 셰펀차이신은 노동자, 농민, 병사들이 먹을 수도 없고 또한 나리들에게도 죄를 짓게 될 겁니다. 왜일까요? 차이신[60]은 그들만이 먹는 것이고 차이방쯔[61]는 노동자, 농민, 병사의 그릇에 놓이기 때문이죠! 성차오지딩[62]에는 새가슴이 들어가고, 닭대가리와 닭발은 모두 인력거꾼들에게 팝니다. 이것은 분명 노동자, 농민, 병사에 대한 모욕입니다. 농민이 식당에 들어가 더우푸탕만 주문하면 어떤 사람은 필경 장사도 거부합니다.

'어이, 더우푸탕 먹으려거든 쉬안먀오관으로 가. 그곳의 더우푸탕이 맛있고 싸잖아.'

쉬안먀오관에서는 더우푸탕만 팔기 때문에 이는 분명 시골 사람을 조롱하는 말입니다. 만일 주쯔예 같은 사람이 들어서면 큰일이라도 난 것처럼 입구에서 주방에 이르기까지 모두가 바삐 야단법석을 떱니다. 물고기는 산 것을, 새우는 큰 것을 써라, 채소는 엄지손가락만큼만 남기고 벗겨라…… 등등."

바오쿤녠이 이렇게 앞장서자 사람들은 따라서 의견을 분분히 발표하면서 우리가 낭비 및 연회석만 중시하고 작은 영업을 무시했음을 폭로했다. 나는 이러한 상황을 이전에 알지 못했기에 듣고 나서는 매우 화가 치밀어 손가락으로 탁자를 치며 말했다.

"봐요, 보세요. 이런데도 개혁하지 않으면 어떻게 되겠습니까?"

종업원 장 사부는 고개를 숙이며 아무 말도 하지 않았다. 농민 손님을 내보낸 것은 바로 그가 한 짓이리라. 몇몇 주방장도 말을 하지 않았다. 쑤저우의 유명 요리는 식자재 선택이 세밀하기 때문에 분명 낭비도 있을 것이다. 주쯔예 같은 사람을 둘러싸고 돌아다닌 것도 사실이다. 유명한 주방장은 고객에게 기대어 그들의 이름을 날려야하고 그들에게 의지하여 그 천분의 몇 밖에 안 되는 차별성을 품평하여 알려야 한다. 가장 좋기로는 공부자 같은 사람을 만나는 것이다. 공자는 "밥은 정미 쌀밥을 싫어하지 않았고, 회는 잘게 썬 것을 싫어하지 않았다"[63]라고 말했다.

개혁 방안이 이렇게 결정된 데는 바오쿤녠의 공로가 컸다. 나중에 그는 적극적으로 의견을 개진하여 내가 어느 곳을 지적하면 그가 따라왔다. 나도 그의 진보적인 성향 때문에 유리한 조건을 만들 수 있었다. 그가 '문화대혁명' 때 나를 반쯤 죽여 놓았지만 그건 뒷이야기이므로 꺼내지 않겠다……

나는 당시 온 힘을 개혁에 쏟느라 매일 밤 11시가 넘어서야 귀가했다. 나는 식당을 개조하고 외관을 바꿨으며 붉고 큰 종이에 선전 포스터를 써서 거리에 붙이고 신문사에 '유명 식당은 대중에게 개방해야 하고, 대중요리는 경제적이고 실속이 있다'라는 제목으로 투고했다.

신장개업하던 날 풍경은 아주 볼만했다. 노부부가 짝을 지어 왔고 어린 손자와 손녀를 동반했다. 인력거꾼, 짐꾼, 출장 나온 사람들로 갑자기 문전성시를 이루었다. 문 앞의 인력거, 삼륜차, 마차도 장사진을 쳤다. 거마의 왕래로 줄을 이은 상황을 나도 해방 전에 본 적이 있지만, 그때는 모두 나리 부부들을 태우고 온 것이었다. 그들이 높은 누각에서 미주를 마실 때, 인력거꾼은 차가운 바람 속에서 벌벌 떨면서 움츠리고 있었다. 지금은 그렇게 움츠러든 사람들이 모두 일어서서 고개를 들고 활보하며 식당으로 들어와 1, 2층을 회의장마냥 꽉꽉 채우게 되었다. 삽시간에 나무걸상과 탁자에서 '탁탁' 소리가 나고 사람 목소리가 조수처럼 들끓었다. 보기엔 어지러웠지만 그 분위기는 사실 열렬했다. 종업원들은 요리를 신속히 날랐다. 대중요리와 대중탕은 모두 즉석에서 만들 필요가 없었다. 탕은 나무통에 끓여 놓았고 요리는 큰 솥에 담아놓아 탕 그릇과 요리 접시가 끊임없이 나갔다. 식당 입구의 행인들은 오른쪽으로 걸으며 두 줄로 서서 들어가고 나왔다. '문적약시'란 말로 표현하면 적절할 것이다.

뜻밖에 주쯔예와 그의 친구들도 왔다. 잘 됐다. 그들이 오늘 무엇을 먹고 싶어 할지 보고 싶었다. 그들은 먼저 입구에서 광고를 보고 식당 안으로 들어와 혼잡한 상황을 살펴보며 몸을 숙여 대중요리를 쳐다보곤 코로 몇 번 냄새를 맡았다. 그러더니 일고의 가치도 없다는 듯이 나가며 서로 가볍게 치면서 웃음을 지었다. 나는 이 광경을 보고는 의분이 가슴 가득 차게 되었다.

"반대합시다, 여러분. 저의 개혁 목표는 당신들로 하여금 반대하게 하는 겁니다!"

노부부의 반응은 달랐다.

"아이고, 이전에 이 식당이 유명하단 소리를 듣고는 이름이 나면 날수록 감히 올 엄두도 내지 못했는데, 오늘은 세상 물정을 좀 알게 되었구먼!"

채소를 공급해주는 농민도 한 마디 거들었다.

"이 식당에 나도 이전에 몇 번 왔었지. 그땐 채소를 메고 후문에서 바로 주방으로 들어가서 식당 안으론 감히 고개도 내밀 수 없었지."

깊이 있는 묘사, 긍지를 느끼는 말, 인민의 칭찬은 내게 피로감을 잊게 했고 가슴이 떨릴 정도로 감동했다. 장래의 역사가 내가 한 일을 어떻게 평가하든(안심하라, 거기까지 신경 쓸 겨를이 없다) 당시 난 전혀 사심이 없었음을 확신한다. 나는 이처럼 사소하면서도 위대한 사업에 열정적으로 종사했다.

당시 우리의 영도자도 현장에 와보고 만족했다. 비록 질서가 약간 어지러웠지만 그것도 전진하는 과정의 결점이다. 우리는 말끔하게 결말을 짓고 향상시킨 다음, 전체 업무로 끌어올려야 했다.

위기에서 평온으로

이번에 주쯔예는 막다른 골목으로 빠지게 되었다. 설령 우리의 경험 부족으로 난관을 타개하기 힘들었다고 하나, 수많은 식당에서는 모두 적당히 일을 얼버무렸고 몇 개의 대중요리를 쇼윈도에 진열하여 외관을 장식했다. 그러나 기풍이 열리자 쑤저우의 유명 요리는 곧 맛이 변했고 요리 이름도 바꾸지 않았다. 가격도 변하지 않았으며 요리 만드는 과정은 도리어 종전처럼 정교하지 않았다. 주쯔예는 대체 어떤 입을 가진 건지 음식 맛의 천분의 몇까지도 분별해낼 수 있었다. 먹자마자 고개를 흔들고는 미간을 찌푸리며 다른 사람에게 의견을 개진했다. 주쯔예는 달력을 잘못 보았다. 이때는 어느 누구도 그를 주 사장님이라 여기지 않았으며 자본가라는 세 글자도 듣기 싫어했다. 돈이 있으면 또 어떠랴, 팁을 받지 못하게 했고 네가 먹고 싶으면 들어와서 먹고 싶으면 나가면 되었다. 어쨌든 영업이익이 많고 작음은 임금과 관계가 없으니까. 만일 당신이 주쯔예의 말을 따른다면 자산계급을 위해 봉사한다는 나쁜 소문이 나돌 것이다.

주쯔예가 이를 어떻게 참을 수 있겠는가? 그는 매 끼니를 먹을 때마다 우거지상을 지었고 고통스러웠으며 위에서도 받아들이기 힘들어 보였다. 매일같이 배불리 먹지도 못하고 마시지도 못했다. 술 안주를 보기만 하면 도리어 구역질이 났다. 그는 기력이 나지 않고 아무 재미도 없어서 하루 종일 큰길에서 왔다 갔다 하면서 언제나 과자를 사서 마대에 넣고 다녔다. 과자 맛도 종전만 못하다고 여겨 방안에 놔둬 곰팡이가 슬자 어머니가 쓰레기통에 버렸다. 그렇게 당당하던 배도 점점 홀쭉해지기 시작했다.

어느 날 저녁 주쯔예는 뜻밖에도 문을 밀치고 들어왔는데, 술 냄새를 풍기며 내 앞에 섰다.

"가오샤오팅, 난…… 자네를 반대하네!"

자산계급이 반격하기 시작했다. 이 점에 대해 나는 일찌감치 준비해두었다.

"말씀하세요. 당신의 반대를 환영합니다."

"넌 쑤저우의 유명 요리를 망가트렸어. 너, 너, 넌 쑤저우에게 미안하지도 않아?"

"그건 당신 생각이죠. 요리 담는 사발을 때려 엎지도 못했으니 엉망이라고 말할 수는 없죠. 전 쑤저우의 지주와 자산계급에게 미안해하지, 쑤저우의 인민에 대해선 양심에 부끄러운 바가 없습니다."

"너, 넌…… 네가 내게 미안하다고?"

"그렇습니다. 마땅히 미안하죠. 당신도 자산계급이니까요!"

"샤오팅, 양심 좀 가져봐. 몇 년 동안 난 널 박대한 적이 없잖아."

주쯔예의 말은 조리가 없었다. 그는 결국 상처를 들어내 고약을 붙이려고 했다. 이는 나를 화나게 했다.

"주 사장님, 전 당신에게 미안합니다. 당신 친구에게도 미안합니다. 당신 친구 가운데 세 명이 지주인데, 두 명은 반동당단특의 장부에 등록되어 있습니다. 당신도 포함해서 세 명은 일정한 이자[64]를 가져 가는데, 이 고정이자를 늙을 때까지 가져갈 것이라 생각하진 마세요. 자산계급은 언젠가는 소멸될 겁니다."

주쯔예는 깜짝 놀랐다. 우리의 정책이 또 바뀔 것이라 여긴 것이다. 그의 경우에 먹는 것은 물론 중요했고 소멸은 생사가 걸린 문제였다. 그는 술이 확 깨어 부자연하게 뒤로 물러나 쳰면표 담배 한 개비 꺼내주었고, 나도 페이마표 담배를 꺼내 주었다. 그는 이때를 틈타 담배를 물고 한 모금 빨았다.

"빌어먹을, 오늘 창수로 사람을 보내 자오화쯔지 한 마리를 사오게 했는데, 맛이 예전과 같아서 술을 몇 잔 더 마실 수밖에 없었지. 이렇게 얼떨떨한 채 자네 집으로 온 것이네. 어, 내가 어느 문으로 들어왔더라?"

주쯔예는 어서 문을 빠져나가고 싶었다.

"잠깐만요!"

주쯔예는 멈췄다.

"주 사장님, 제가 당신에게 미안한 점이 있다면 그건 제가 당신에게 가장 중요한 말을 알려드리지 못한 점입니다. 당신은 두 번 다시 이렇게 지내실 수 없습니다. 점차 스스로의 힘으로 일해서 먹고 살 방법을 배워야 합니다."

"맞아, 명심하도록 하지."

이때부터 나는 주쯔예를 거의 만나지 못했다. 그도 당연히 다시 내게 반대 의사를 표시할 수 없었다. 나는 그에게 관심이 많은 터라 늘 어머니에게 물어 보았다. 어머니는 잘 모른다며 주쯔예가 자주 귀가하지 않으며 방안에서는 곰팡이 냄새가 난다고 했다. 나는 주쯔예가 무슨 일을 하러 간 것이라 여겼다. 먹는 것이 평생의 필수이며 종신의 직업이 될 수는 없다.

오래지 않아 바오쿤녠이 내게 보고하러 왔다.

"큰일 났습니다. 양중바오 그들이 지하 식당을 열어서 전적으로 자본가를 위해 봉사하고 매일 저녁 큰돈을 벌고 있습니다."

"정말?"

"틀림없습니다. 제 눈으로 본 걸요 그 장소는 당신 집의 동쪽 54호에 있습니다. 매일 저녁마다 자본가들이 그곳에서 회식하는데, 양중바오가 요리하고 요사스런 여자가 돈을 받습니다."

바오쿤녠의 말에 근거가 있는데 내가 어찌 간섭하지 않을 수 있겠는가? 즉각 거민위원회에 가 조사를 벌였다. 양중바오를 찾아가 이야기를 나누다가 물어본 끝에 주쯔예의 종적을 찾게 되었다.

주쯔예는 은퇴하기 시작했다. 그는 식당에 와서 실망을 맛본 뒤 54호의 석고문[65]으로 숨어버렸다. 이곳엔 모두 네 집이 사는데 그중 한 집의 호주가 쿵비샤다. 쿵비샤는 원래 정객의 첩이었다. 그 정객은 관리를 할 수 있을 땐 관리를 했고 관리를 할 수 없을 땐 가르쳐서 교수라는 직함을 가지고 있었다. 쑤저우의 작은 골목에는 별의별 사람이 다 있었다. 전하는 말에 의하면, 젊었을 때의 쿵비샤는 선녀처럼 예뻤는데 일찍이 명배우 완웨러우를 스승으로 삼았으며 <꽃 뿌리는 선녀>에 찬조 출연한 적도 있었다고 한다. 애석하게도 선녀가 마흔 살이 넘어서 그다지 인기를 끌지 못했고, 해방 전야에 그 정객이 알리지도 않고 홍콩으로 도피하는 바람에 쿵비샤와 8~9세 된 딸이 쑤저우에 버려지게 되었다.

쿵비샤는 젊었을 때 치장하기를 좋아했는데, 아마도 무대에 올라갔던 것과 관계가 있으리라. 그래서 일거수일투족이나 자신을 돌아보고 움직이는 데도 신체미에 신경 썼다. 너무 지나치게 신경 쓰거나, 너무 꾸며서 어색하게 보이기도 했고, 교태를 부리면서 아양을 떨기도 했다. 특히 더 뽐낼 미모가 없는데도 억지로 뽐내려고 할 때는 이상야릇하게 보였다. 쑤저우의 욕설은 차마 들어줄 수 없을 정도인데, 사람들은 속으로 그녀를 '저질'이라고 욕했다.

주쯔예는 시종일관 여색을 가까이하지 않았다. 그런데 왜 갑자기 쿵비샤와 함께 지내는 것일까? 이유는 간단했다. 쿵비샤가 맛있는 요리를 만들 줄 알기 때문이다.

쿵비샤는 수십 년 동안의 풍류 생활을 모두 흰 손으로 탕을 만드는 과정에서 보냈다. 그녀 남편의 친구들은 모두 정계, 실업계, 문화계의 고아하고 뜻을 이룬 인사였다. 그래서 주쯔예 같은 사람은 그 반열에 오를 수도 없었다. 그러니 무슨 미식가란 말인가? 그들이 보기에 주쯔예는 멍청한 자본가, 탐식하는 무리, 먹는데 중독된 사람에 불과할 뿐이었다. 진정으로 먹는 것을 따지는 사람이 어떻게 날마다 식당에 가겠는가? '다관위안'[66]의 연회석에 '라오정싱'[67]에서 사온 것이 있는가? 터우탕미엔은 아무 것도 아니다. 하룻밤을 넘긴 솥은 깨끗이 씻지도 않았다. 차의 맛을 보려면 꽃 사이의 달빛 아래에서 해야 하고 술을 마시려면 난간에 기대거나 물가에서 마셔야 한다. 뜻밖에도 왁자지껄한 주점에서 간식을 먹는데 허예바오쟝러우,[68] 처우더우푸간은 짚으로 꿴 것이다. 체통이 서지 않는 것이다. 고아하고 권세 있고 지위가 높은 인사들은 부득이한 경우에만 식당에 와서 몇 젓가락 집어먹는데, 음식의 맛이 너무 진하고 개운하지 않으며 고상하지 않다고 느끼게 되었다. 솥, 국자, 조리는 청결하지 않았고 순정한 맛에 잡맛이 뒤섞였다. 게다가 구제할 방도가 없으며 식당 특유의 기름 냄새가 나곤 했다. 주쯔예가 자나 깨나 잊지 못하는 미식은 그들이 볼 땐 통속적인 음식일 뿐이었다. 그들은 쑤저우 요리의 다른 체계를 창조했다. 이 체계는 고도의 물질문명과 문화소양의 결정체다. 이는 쑤저우 유명 요리의 풍부한 내용을 극히 아담한 형식으로 표현하여 온갖 조탁을 다한 뒤 그것을 자연스러움으로 돌아오게 만들었다. 먹는 것이 예술로 불리는 까닭은 아마도 이러한 체계를 가리키는 말일 것이다.

쿵비샤의 조리 예술은 바로 이 파에게서 얻은 기술이다. 그녀는 당시 사교계에서 유명한 첩이었는데, 공연을 할 줄 알고 요리를 할 줄 알았으며 난초 등을 그릴 줄 알았다. 20여 년 동안 그녀의 집 정원에는 명사들이 운집하여 두 탁자에 준비해둔 마작에 남자 8명이 소일하고, 한 탁자의 연회석에서는 그녀가 솜씨 있는 공연을 펼쳤다. 그녀의 집에는 고급 여자 요리사가 있었지만, 이 고급 여자 요리사도 그의 하수였을 뿐이었다.

주쯔예가 핍박을 받아 막다른 곳에 이르게 되었을 때 우연히 한 친구의 말을 들었다. 54호에 쿵비샤가 있는데 그 사람의 황금기가 어떻고 몸에 절기를 지니고 있다는 것이다.

주쯔예는 그 말을 듣고 웃어넘겼다.

"노형, 식욕을 채우고 싶은 게지. 훌륭한 요리를 어떻게 집에서 만드나? 그렇게 많은 조미료와 곤 국물도 없고 큰 화로의 불과 기름 가마솥이 없으니 만들 수 없겠지."

"믿지 못하겠어? 그럼 할 수 없네. 그 신을 모셔올 수도 없고. 그녀는 우리 같은 사람을 아예 안중에도 두지 않아. 해방 전에 온갖 방법을 동원했지만 뚫고 들어갈 수 없었지. ……맞다, 근 몇 년 동안 그녀의 집안 형편이 좋질 않고 주머니 사정이 여의치 않다고 들었네. 형의 얼굴을 봐서라도 우리에게 한 자리 좀 마련해주시게. 자네 집이 그녀와 가까우니 한번 해보시게."

병이 위급하면 아무 의사에게나 막 보인다더니 주쯔예는 먹는 것을 위해서라면 무모한 일에도 덤빌 수 있었다. 그는 무모하게 54호의 대문을 두드리고는 찾아온 뜻을 곧장 설명했다.

해방 전이었다면 쿵비샤가 주쯔예를 내쫓아도 이상한 일이 아니었다. 그러나 쿵비샤의 형편은 주쯔예만 못하고 그만큼 많은 돈과 고정이자도 없으며 방을 셋집으로 빌려주고 가구나 장신구를 팔아서 생계를 이어야 했다. 동시에 그녀도 다년간 이 일을 하지 못하게 되자, 재능을 뽐내고 싶어 손발이 근질근질했으며, 다시 다른 사람에게 칭찬도 받고 옛날의 풍류를 재현해보고 싶었다. 그녀는 속으로 이미 승낙했으나 표면상으로는 거드름을 피웠다.

"아이, 주 선생님, 어디서 쓸데없는 말을 들었어요? 우리 같은 여편네가 무슨 요리를 할 줄 안다고요? 종전엔 보잘것없는 요리를 해봤지만 장난에 불과하죠."

이 여성의 쑤저우 방언은 노래처럼 듣기 좋았으나 애석하게도 쓰려니 표현이 잘 되지 않는다.

물론 주쯔예는 그 말뜻을 이해하고 뻔뻔스럽게 간청했다.

"해주면 안 돼요? 당신이 무슨 요리를 하든 모두 먹겠습니다. 어쨌든 식당보다는 좋잖아요."

"식~당~!"

쿵비샤는 경멸하는 투로 소리를 길게 끌었다.

"당신들 남자들이란 정말 변변치 못해요. 식당의 그 맛을 보고난 뒤에도 음식을 먹을 수 있다니!"

주쯔예는 어안이 벙벙했다. 식당에 무슨 맛이 있냐고? 모두 미식의 향기가 나서 맡으면 식욕이 크게 당기는데!

"아, 맞습니다. 우리들은 모두가 속물이라서 평생 먹었어도 아무것도 모릅니다. 체면 좀 봐주셔서 저희들 시야를 넓혀주세요."

"좋아요, 그럼 보여드리죠. 몇 사람이나 됩니까?"

주쯔예는 암산하더니 식지를 구부려 숫자 '9'를 표시했다.

"9명."

"안 돼요. 7명밖에 안됩니다. 사람이 많으면 제대로 먹을 수 없어요."

"그럼 8명, 한 탁자에 딱 맞잖아요."

쿵비샤가 웃었다.

"주 선생님, 당신은 규정을 모르시는군요. 말석의 한 자리는 요리하는 사람을 위해 비워둬야 합니다.”

“알았어요, 미안합니다.”

주쯔예는 입으로는 알았다고 했지만 마음속으론 의심이 갔다. 어디에 주방장이 탁자에 앉는단 말인가? 그러나 먹기 위해선 타협할 수밖에 없어서 즉시 지폐를 꺼내 10위안은 팁인 셈치고 50위안을 세서 탁자 위에 올려놓았다.

쿵비샤는 난색하며 말했다.

“에이, 이 몇 푼 가지고 뭘 드시겠어요?”

주쯔예는 마음을 단단히 먹고 80위안을 전부 내놓아 체면을 살리고자 했다.

쿵비샤는 한참 동안 주저하다가 마지막에는 거기에서 결판이라도 지으려는 듯 주쯔예를 흘겨보며 말했다.

“좋아요, 부족한 부분은 제가 보태죠. 아, 당신 참 가련하네요!”

일은 이렇게 결정되었고, 쿵비샤는 꼬박 5일 동안 준비했다. 전하는 말에 의하면 홍먼먼[69]은 미처 만들지 못했다고 한다. 왜냐하면 사온 뱀장어는 반드시 먼저 특수한 방법으로 일주일 동안 길러야하기 때문이라고. 주쯔예는 그때까지 기다릴 수 없었던 것이다.

이번 한 끼에 도대체 무엇을 먹었는가? 나는 참석하지 않았기 때문에 근거 없이 말할 수는 없었다.

양중바오는 참석할 수 있었다. 그는 마침 그날이 쉬는 날이었는데 큰 거리에서 주쯔예를 만났다. 주쯔예는 그의 친구들에게 시간 맞춰 나오라고 통지하러 다녔는데, 한 친구가 병이 나는 바람에 다른 사람을 찾아 메꿔야 했다. 그래서 양중바오를 보자마자 말했다.

"갑시다. 나를 따라 세상물정이나 구경하러 갑시다."

이어서 어떻게 쿵비샤를 찾았는지 등을 말해주었다. 이를 빌어 허풍을 떨며 우리 식당에 대한 원망을 쏟아놓았다.

양중바오는 여태까지 남의 말을 따른 적이 없었는데, 기예가 뛰어난 사람은 언제나 그처럼 오만했다. 유명한 주방장은 모두 남잔데 어떻게 여자란 말인가? 그러나 그 또한 사부가 한 말을 들은 적이 있었다. 청 말 민초 때 쑤저우에 탕쯔차이가 있었는데, 고급 기원에서 나왔다고 한다. 이 요리를 만든 사람은 전부 똑똑하고 아름다운 여성인데, 못생긴 시녀는 옆에 얼씬거리지도 못하게 했으며 그 조리법은 꽃을 수놓는 것처럼 세밀했다. 어쨌든 그는 할 일이 없었고 주쯔예가 그에게 돈을 내라고 요구하지도 않았으니 이 기회에 견문을 넓히고자 했다. 정말로 본받을 점이 있다면 기술을 배워도 좋고, 사실보다 과장해서 말했다면 주쯔예를 한차례 야유하여 그의 예기를 꺾어놓으려고 생각했다.

양중바오는 내게 사건의 경위를 이야기하면서 지하식당을 열지 않았다고 말했다. 동시에 근거 없는 밀고에 대해 몹시 화를 냈다. 그리고 어떤 사람이 그를 무고한 것이라 말하며 화가 난 나머지 쿵비샤에 대해 더 이상 이야기하지 않았다. 그리고 내게 달라붙어 그를 교류처에 보내달라고 말했다. 이 일은 빨리 해결되었다. 그래서 나는 줄곧 그날 저녁에 쿵비샤가 어떻게 솜씨를 발휘했는지, 어떤 보기 드문 맛을 보았는지 모른다. 그러나 독자들은 애석하게 여길 필요가 없다. 세월이 지나면 우리는 그의 솜씨를 볼 수 있을 것이다. '문화대혁명'은 수많은 문화를 파괴했는데, 음식 문화는 도리어 끊어질 듯 말듯 하였다. 나는 당시 주쯔예의 행동에서 그날 저녁의 요리는 틀림없이 "이러한 악곡은 하늘에서만 있으니, 인간세상에서 어찌 들을 수 있으랴"[70]라는 시구처럼 절묘했을 거라고 추측할 수 있을 뿐이다.

주쯔예는 쿵비샤의 요리를 한번 먹어보더니 혼을 뺏겨 이로부터 그의 종적은 아예 보이지 않았다. 그는 두 번 다시 어수선하게 거리를 쏘다니지 않았다. 그가 새벽에 문을 열고 나가 주흥싱에 가는 소리도 들은 적이 없다. 그는 속세의 화식을 먹지 않고 하루 세 끼를 모두 쿵비샤의 집에서 먹었다. 한 사람은 먹을 줄 알고 또 한 사람은 요리할 줄 안다. 한 사람은 살 줄 알고 또 한 사람은 돈을 가지고 있다. 두 사람은 같이 먹다가 동거하게 되었고, 동거에서 결혼을 선포했는데 일 처리가 조리정연하고 자연스럽게 이루어졌다.

주쯔예는 마침내 장가들었다. 일찍이 무수한 집을 가졌던 사람이 45세가 되어서야 가정을 갖게 되었다. 가정은 기묘한 것이어서 그가 요령을 갖게끔 변화시켰고 언행도 성실해졌다. 주쯔예는 다소 진중해졌고 말조심했으며 외모에도 신경을 썼다. 입는 의복도 과거와는 크게 달라졌다. 반듯하게 다림질한 중산복[71]의 작은 호주머니에는 만년필 두 자루를 꽂고 다녀 학자풍이 났다. 이는 아마도 쿵비샤가 그의 전 남편의 모습을 참조하여 만든 것이리라.

쿵비샤는 요리를 잘하는데다가 집안 살림에도 능수였다. 결혼한 뒤 그녀는 온갖 방법을 동원해 주택 문제를 조정해 주쯔예를 이사 오게 하여 세 사람은 54호에서 살게 되었다. 세 사람이 사는 주택 면적을 확대했는데 그녀 자신은 밑지지 않았다. 왜냐하면 54호는 중국식 정원이 딸린 집으로 수목, 대나무, 돌, 연못과 작은 다리가 있었고 공간이 넓고 담도 높아서 대문을 닫으면 자신만의 세상이 되어 그들 마음대로 어두울 때까지 마셔도 보는 사람이 없었기 때문이다. 그때 나 같이 먹기를 반대하는 전사들이 비교적 많았고, 잘 차려 입기를 반대하는 사람도 있었다. 그래서 그들은 누가 요리나 의복에 대해 신경 쓰면, 그 사람은 자산계급으로 배척되는 위험에 빠지거나 자산계급의 사상에 물들었다고 말했다. 그래서 돈 가진 사람들은 어느 누구도 볼 수 없도록 부득불 숨어서 문을 걸고 먹게 되었다. 물론 완전히 볼 수 없기란 불가능했다. 사람들이 매일 새벽마다 채소 시장에 나오는 주쯔예 부부를 봤기 때문이다. 두 사람은 말끔하게 차려입었다. 한 사람은 바구니, 한 사람은 가방을 들고 한 사람의 어깨를 다른 사람의 어깨에 포갰는데, 행인들은 그들을 곁눈질하며 '쯔쯧' 하고 혀를 찼다.

"저질!"

나의 어머니는 여태까지 쿵비샤에 대해 나쁜 말을 하지 않았다. 그녀는 이 여인이 좋은 일을 해서 방탕아를 뉘우치게 만들었다고 여겼다. 어머니는 채소를 사러 갔다가 돌아와선 늘 내게 말했다.

"오늘 또 주 사장을 만났는데, 지금은 나아진 것 같더라. 두 부부가 다정한 것이 살림하는 모양새가 나더라."

나는 이 말을 듣고 '흠흠'거리며 마음속으로 생각했다. 이것이 나아졌단 말인가? 이는 문을 닫고 개조를 회피하는 행위다.

인간의 미각

그가 개조를 회피했어도 나는 그를 어찌할 도리가 없었다. 그는 우리 식당에 와서 밥을 먹지도 않았고, 나 또한 그의 은행 잔고를 동결시킬 수도 없었다. 그에게 자산계급의 사상을 가지고 있다는 말도 헛일이다. 그는 본래 자산계급이다. 그가 먹도록 내버려두자. 어차피 혁명은 한 번에 완성되지 않는다. 그는 성실해져서 두 번 다시 어떤 쑤저우 요리가 종전만 못하다고 씨부렁거리지도 않았고, 우리 집에 와서 의견을 제시하지도 않았다.

주쯔예는 물론 의견을 제시할 수 없다. 이따금 나를 만났을 때는 낯선 사람같이 고개를 끄덕이지도 않고 다시 오뚝 나오기 시작하는 배를 내밀고 성큼성큼 가는 모습이 승리한 수탉 같아서 몹시 화가 났다.

더욱 화가 나는 것은 어떤 사람들이 뜻밖에도 주쯔예와 한 패가 되어 우리 식당이 유명무실하고 요리의 질도 떨어지며, 가짓수도 적고 서비스 태도도 나쁘다고 말한 것이다. 게다가 이런 말을 한 사람 가운데 백분의 구십 이상이 모두 자산계급이 아니었다. 간부, 노동자, 노부부 등도 있었다. 나는 거기에 불복했다. 개혁한지 1년이 넘었는데 당신들은 어째서 찬성에서 반대로 바뀌었는가? 한입가지고 두 말한 것이리라! 나는 인내심을 가지고 설명해줄 수밖에 없었다.

"노부인, 말씀 그만하세요. 일 년 전엔 이곳에 와서 식사할 수 있었나요? 세상 물정을 본 셈이잖아요!"

"세상 물정은 이미 봤지. 지금은 맛있는 걸 먹어야 돼!"

노부인은 지폐 몇 장을 흔들며 말했다.

"자, 아들이 보낸 돈이야. 아들이 나보고 영양 보충에 신경 쓰라며 별미를 들라더군. 별미는 개뿔, 내 스스로 요리한 것만 못한데!"

"그럼 스스로 요리하시죠. 스스로 요리하는 것이 입맛에 맞을 테니까요."

나는 쿵비샤가 생각나서 속마음을 무심결에 입 밖으로 냈다.

노부인은 화가 났다.

"너…… 네 말은 불법 식당을 연 사람이 한 말 같은데, 내가 요리할 수 있는데 너희들보고 무엇을 하라고, 너희들은 공짜 월급만 받아가는 거잖아!"

이때 바오쿤녠이 선뜻 나섰다.

"뭐 불법 식당을 열었다고요? 입조심하시죠! 사회주의 기업이 불법 식당이라니요? 당신은 우릴 모욕했소……."

나는 급히 그를 가로막았다.

"자, 됐네, 됐어. 노부인, 화내지 마세요. 이 요리를 아직 손대지 않았으면 돈을 되돌려 드릴게요."

간부 같은 사람에 대해서도 나는 그다지 격식을 차리지 않았다.

"동지, 당신 출장 나온 거죠?"

"예. 전 베이징에서 쑤저우로 출장 왔는데, 듣자하니 쑤저우 요리의 명성이 온 누리에 떨쳤더군요. 당신네 식당이 유명하다기에 특별히 맛보러 왔는데 당신들은 도리어 하찮은 요리를 내오는군요!"

"동지, 이 요리 괜찮습니다. 당신 식비 수당이 하루에 겨우 몇 마오일 텐데요?"

"제 돈을 보태면 안 되나요? 지금은 도급제 시대도 아니고, 저 돈 낼 수 있어요!"

"고달프고 소박한 기풍을 유지해야 됩니다."

"맞소, 맞아. 당신의 깨우침에 감사드리오. 이럴 줄 일찍 알았다면 워터우[72] 한 푸대를 메고 쑤저우에 왔을 텐데. 당신들 식당에도 많이 있을까봐서요!"

라고 말하고는 소매를 뿌리치며 떠나버렸다.

나는 한숨을 쉬며 이 사람의 자산계급 사상이 엄중하고, 며칠 동안 월급제를 시행했더니 위세를 떨며 나리 역할을 한다고 여겼다. 우리 식당의 존재에…… 아, 문제가 생겼다. 2년 동안 국민경제가 크게 발전하였고 농촌에선 해마다 풍작을 거뒀고 노동자들의 임금을 조정하고 급수를 조정했으며 간부도 임금을 타갔다. ……그 런

민비[73]는 특히나 쓰기 좋아 고기는 한 근에 겨우 6마오, 우샹차예단[74]
은 한 개에 5편, 두 냥 반근의 양허다취[75] 한 병은 겨우 2마오 2편
이었다. 수많은 사람들이 모두 사치스러워지기 시작하여 대중요리
를 보고는 고개를 절레절레 흔들었다. '대중'이란 이름이 들어간 것
은 모두 좋은 것이 아니며, '노동표'도 좋은 담배가 아니라고 생각
했다. 나는 노동대중을 위해 봉사하고자 하는데, 노동대중은 오히려
내게 불만을 가졌다. 어떤 사람은 장황하게 말을 늘어놓고 싶지 않
아서 의견서를 탁자 위에 놓았다. 어쨌든 대부분의 식당에서는 개
혁이 원래부터 철저하지 못했고, 임시로 대중요리를 만들어 문 앞
에 장식해두었으며 시간이 지나 형편이 달라지면 상점 앞면에조차
도 진열하지 않았다. 쇼윈도는 휘황찬란한 것이 많이 있고 각종 유
명 요리가 눈에 띄게 보이는 게 아닌가!

그들은 시장 상황이 번영하는 틈을 타서 목숨을 걸고 손님의 주
머니를 털었으며 손님들의 미소를 샀다. 그 매출액은 온도계에 '하'
하고 입김을 불어 붉은 눈금이 확확 올라가는 것 같았다. 우리들도
한때 황금시대를 가졌었다. 개혁 초기에는 매출액이 한 차례 상승
했는데, 나는 이것으로 회계원에게 교육시켜 그것이 기우라고 말했
다. 오래지 않아서 곧 떨어지기 시작하더니 삼분의 일까지 떨어졌
다. 더 떨어진다면 확실히 존폐의 위기가 생길 수도 있었다.

잘 먹는 사람들아! 당신들이 가난할 땐 고급 식당을 깨부수지 못

해 안달했다. 그러나 돈 몇 푼이 생기면 재빨리 고급 식당으로 달려
가면서 들어가지 못할까 근심하고, 고급스럽지 못하다고 한탄한다.
만일 광한궁[76]의 선녀가 정말로 '월궁반점'을 열었다면 당신들은 아
마도 온갖 방법을 동원해 높은 사다리를 설치하리라.

1957년 봄은 소동이 일어나 불안했던 시절이었다. 도처에서 명방
운동[77]이 일어나 시끄러웠다. 식당의 종업원들은 나에 관한 대자보[78]
를 붙이기 시작했는데, 검은 글자를 쓴 폐지가 복도에 걸려 나풀거
렸다. 난 이를 보고 도리어 감정을 삭였는데, 다름 아니라 대중요리
와 매출액 등에 관한 내용이었다. 다만 화나게 하는 대자보는 내가
식당의 명성과 종업원의 피땀으로 개인의 명예와 이익을 가로챘으
며, 내가 양중바오를 공격하여 쫓아냈다고 한 것인데, 서명은 '아무
개 종업원'으로 되어 있었다. 그러나 어투나 문장에 형용사를 많이
쓴 걸로 봐서는 분명 바오쿤녠일 것이다. 이놈이 이렇게 공격해서
는 안 되는데. 당초 개혁 당시 열정적으로 지지한 바 있고, 양중바
오의 지하식당 개점 소식을 그가 보고한 것인데, 어떻게 나에게 뒤
집어씌울 수 있단 말인가? 물론 나도 이에 대해 해명할 필요성을
못 느낀다. 다만 천분의 일이라도 그 말이 정확하다면, 모두 받아들
여야 마땅하다.

내가 당황하고 불안에 떨어 심정이 조급할 때, 마침 나의 학우
딩다터우가 찾아왔다.

딩다터우는 회의 참석차 베이징에 가는 도중 쑤저우를 지나다가 차에서 내려 일부러 날 찾아온 것이다. 어느덧 8년이나 지났으니 정말 그리워할 만도 하다. 나는 감정을 억제하지 못하고 소리쳤다.

"친구, 내가 근사하게 한턱낼 테니 가자, 우리 식당으로 가세!"

내가 말해놓고도 이상했다. 이 말은 내 말투 같지 않았다. 어떻게 만나자마자 식사에 초대한단 말인가?

딩다터우는 고개를 흔들었다.

"됐어. 너희 식당에 이미 가봤고, 또 대자보도 한번 훑어봤어. 친구, 몇 년 동안 무슨 일을 한 거야?"

"무슨 일 했냐고? 기다려, 기다려봐. 잠시 뒤에 전부 알려줄게."

나는 급히 부인을 불러내어 딩다터우에게 소개시켰다.

"자, 집사람이야. 이 분은 내가 항상 말하던 딩다터우야."

딩다터우는 몸을 구부리며 일어나 인사했다.

"딩정입니다. 별명은 다터우…… 에이, 이 별명이 널리 알려지면 안 되는데. 아무튼 전 당신처럼 사장입니다."

부인은 입을 가리고 웃으며 큰 머리를 주시했는데, 그의 머리가 일반 사람보다 큰지 아닌지를 가늠해보려는 것 같았다.

내가 말했다.

"그만 쳐다보고 빨리 채소시장에 가서 찬거리 좀 사와."

딩다터우는 우리 식당에서 이미 음식 맛을 본 적이 있어 그를 데리고 다른 식당에 간다면 더욱 구설수에 오를 것이다. 그래서 나는 부인에게 요리 몇 가지를 장만하게 하여 집에서 먹고 싶었다.

그러나 누가 알았겠는가? 부인은 결혼한 지 2년이 넘었건만 도통 손재주가 없어 여태 밥 한 끼 해본 적이 없었다. 그녀는 단지 딩다 터우에게 차를 따라주거나 담배를 건네줄 뿐이었다.

"먼저 얘기 나누세요. 어머니가 거민위원회에 회의하러 가셨으니 돌아오시면 식사 준비할게요."

그 말을 듣고 나는 조급해졌다. 거민위원회의 회의는 마라톤 회의라서 길게 늘어지고 또 늘어지기 일쑤인데, 회의가 끝나길 기다리면 채소시장은 이미 문을 닫고 청소 중일 것이다. 그래서 말했다.

"당신이 한 끼 차려봐. 온갖 일을 모두 어머니한테 의지할 순 없잖아?"

부인이 내 말을 되받아쳤다.

"뭐라고, 당신이 한 말 잊었어요? 젊은 사람들이 여가시간을 모두 주방에서 보내면 틀림없이 장래성이 없을 거라고 말했잖아."

그녀는 두 손을 한번 펼쳐보였다.

"자, 봐. 장래성 있는 사람은 기름병이 어디에 있는지도 모르잖아!"

딩다터우는 '하하' 웃기 시작했다.

"맞아요, 제가 증명하죠. 이 말은 틀림없이 그가 한 말입니다. 모든 뒷감당은 그가 책임져야죠.”

나는 급히 손을 휘저었다.

“됐어. 당신 거민위원회에 다녀와. 집에 손님 왔다 말하고 어머니 보고 좀 일찍 빠져나오시라구 해.”

부인이 나간 뒤 나는 끊임없이 고생담을 길게 늘어놓았다.

“……그 대자보 당신도 훑어봤지? 인신공격을 하는 사람 얘기는 꺼내지 않겠어. 그건 젊은 사람이 다른 사람과 작당하여 소란피운 게지. 그러나 우리 개혁에 무슨 잘못이 있나? 구 사회의 상황을 당신도 겪어봤겠지만 바로 그러한 불평등을 소멸시키기 위해 혁명하고 싸우는 거야. 난 이 도시를 떠날 때 일찍이 맹세했던 말을 잊을 수 없어. 물론 그건 웅대한 뜻일 뿐이고 개인의 역량이 미약하긴 하지만, 내 힘이 미치는 범위 내에서 오수를 하수구로 나오게 할 수 없고, 그런 사람들이 그들의 천당에서 살게 할 수는 없었어. 그들은 문을 닫고 도피할 수도 있겠지. 그러나 우리 동지들이 먹는 방면에서 자산계급을 따라하게 할 수는 없지.

당시 우리가 강남을 멀리 조망한 이유는 구 사회에 충격을 가하기 위해서야. 얼마 지나지 않아 그 정처 없는 대자보가 되려 나를 공격하더군! 공격하라지. 난 양심에 부끄러운 점은 없으니까!”

딩다터우는 침묵을 지키며 줄곧 담배만 피워댔는데, 아마도 그의 심경은 가라앉지 않은 것 같았다.

"말하자면 자넨 지식이 나보다 많잖아. 몇 년 동안 신화서점에서 온종일 파묻혀 일했으니, 당신은 마음대로 아무 책이나 꺼내서 내 머리를 칠 수 있겠지. 가장 좋은 것은 두꺼운 하드커버로 두드리는 거야. 두드리면 힘이 생기는 법이니까."

이에 딩다터우가 웃었다.

"그럼 안 되지. 대가리를 두드려 깨면 수습하기 힘들어. 난 그저 자네에게 한 가지 기괴한 생리 현상을 알려주고 싶어. 그 자산계급의 미각과 무산계급의 미각은 전혀 차이가 없단 말야. 자본가들은 칭차오샤런[79]이 바이차이차오러우쓰보다 맛있다고 말하는데, 무산계급도 한 입 맛본 뒤에 고개를 끄덕여 수긍하지. 그들은 돈이 생기면 역시 칭차오샤런을 먹고 싶어 해. 그러나 자넨 도리어 억지로 바이차이차오러우쓰를 사람들 입에 쑤셔 넣어 주었으니, 자네를 망치로 때리지 않은 것만도 예의바른 게지."

나는 펄쩍 뛰며 말했다.

"너, 너, 너 또한 날마다 칭차오샤런을 먹으면 안 돼!"

"누가 날마다 새우볶음을 먹는대? 그럴만한 돈이 있겠니?"

"그런 사람 적지 않아. 동지, 이러한 기풍을 낮게 평가하지 마."

"자넨 대중을 낮게 평가하잖아. 대중은 무한대야. 100명 가운데 한 사람이 새우볶음을 먹는다면, 그 식당에 몰려와 대문을 부술 거야. 당신은 언제나 고생하는 대중을 해방시켜야 한다고 지껄이지만,

해방된 대중은 자네 뜻과 같지 않으리라고 봐. 남들이 우연히 자네에게 새우볶음 한 접시를 달래서 공짜로는 먹지 않으려니와 기꺼이 당신에게 돈도 벌게 해줄 거야. 그러나 당신은 되려 모래알을 눈 속에 잃어버린 거 같네.”

“그렇게 안 해. 난 대중에게 불만 없어.”

“나도 알지. 자네는 그 주쯔예에게 불만이 있다는 것. 그래서 그가 두문불출하니 당신이 어디엔가 가서 그를 붙잡으려 하고.”

“모두가 다 집에 숨은 건 아니잖아.”

“물론이지. 분명 수많은 사람들이 노동대중을 따라 새우를 먹고는 당신에게 알려주겠지. 설령 장래에 지주와 자본가가 모두 존재하지 않더라도 당신의 식사 친구 가운데는 건달, 소매치기, 살인도 피범이 있을 거야. 믿고 안 믿고는 자네 자유니까.”

나는 믿었다. 나는 일찍이 이러한 점을 깨달았다. 여관에 투숙할 때는 신분증과 소개 편지가 필요하다는 사실을. 식사할 때는 돈만 있으면 됐다. 나는 한숨 쉴 수밖에 없었다.

“아, 네 말에도 일리가 없는 건 아냐. 그렇지만 근검하고 소박한 것이 우리 민족의 미덕이라고 생각하는데, 하필 먹는 방면에서 그렇게 성실해야 하나?”

“맞아. 이것은 내 개인적 입장에서 미덕이므로 자네도 지켜나갈 수 있길 바라. 그러나 자네는 식당의 사장이기 때문에 개인의 좋고 나쁜 감정을 일에 끌어들여선 안 돼. 쑤저우의 먹을거리 문화는 너무나 유명해서 수천 수백 년 동안 노동인민들이 창조해낸 문화지. 만일 이러한 문화가 자네 수중에서 망가진다면 자넨 역사에 대해 책임을 져야 해.”

나는 이 말을 듣자마자 낙심했다. 나는 학교에서 역사를 공부한 적 있는데, 역사란 만만치 않아 고정관념으로 역사를 이해하면 죽어도 거기에서 빠져나올 수 없음을 안다. 그러나 나는 의심이 들었다. 먹는 예술을 어떻게 노동인민이 창조했단 말인가? 말만 듣기 좋을 뿐이다. 이 발명권은 틀림없이 주쯔예와 쿵비샤 무리에게 속할 것이다.

어머니는 너무 열정적인 것이 흠인데, 이날 저녁 식사는 요리 다섯에 탕이 하나였다. 살아있는 붕어로 끓인 탕은 맛이 대단히 좋았다.

딩다터우는 싱글벙글 미소 지으며 말했다.

“봐, 자산계급의 기풍이 당신 가정까지 스며들었잖아. 조심해!”

호박 및 기타

딩다터우가 떠나간 뒤, 나는 내 행위를 면밀하게 검토했다. 옛 친구인 딩다터우는 왜 그렇게 요리를 사먹으려고 했을까? 이유는 간단하다. 이것은 일종의 즐거움이며 존중과 위로의 의미를 함유하고 있기 때문이다. 과거에는 왜 이렇게 하지 않았을까? 내 기억으로 강을 건넌 후 그와 우시에서 헤어졌을 때, 나도 그를 배웅하기 위해 노점에서 한 접시에 5편하는 훈툰[80]을 먹었고, 그는 매우 만족스러워 했으며 나 역시 정에 연연했었다. 오늘은 왜 그러지 못하고 5위안이라는 큰돈을 썼을까? 그것도 간단하다. 그때 5편은 내 전체 유동 자금의 10분의 1이었고, 오늘날 내가 받는 월급은 75위안으로 내 아내의 월급과 합쳐서 가계 지출에서 제하면, 5위안은 그때의 5편과 매한가지기 때문이다. 물질과 정신의 저울추는 수평이고, 우정의 천칭은 평평하다. 만일 내가 오늘 딩다터우에게 훈툰을 사먹였다면 그가 개의치 않다고 하더라도 나는 또 쓰라린 지난날의 기억을 그에게 남기고 말 것이다. 어머니와 아내가 알게 된다면 나를 호되게 꾸짖었을 것이다.

"요 몇 해 계속 딩다터우를 염려하면서 그에게 고작 단돈 5편밖에 안 쓰다니 네가 그러고도 사람이냐!"

나도 당연히 사람답게 살고 싶다. 나 스스로는 내가 아주 좋은 사람이고, 남의 장단에 춤을 추지 않으며 의지가 굳다고 여겼다. 그러나 시간이 유수같이 흐르고 시대가 변천하고 있음을 왜 느끼지 못하는 걸까? 과거의 망각은 배신과 같음만 기억하고, 변화의 망각은 배신과 같음을 깡그리 잊었다는 것은 몰랐다. 마찬가지로 인민의 성의도 위반했다. 아무것도 관여하지 않고 주쯔예를 작은 정원에서 며칠 편히 지내게 했다!

마침 내가 생각을 바꾸려고 할 때 반우파 투쟁이 시작되었다. 이 운동은 나와는 무관했지만, 나는 하마터면 영웅이 될 뻔했다. 모두들 나의 계급적 입장이 확고하고 방향도 정확했으며, 실제 행동으로 '지금이 옛날만 못한' 자산계급에게 타격을 입혔다고 인정했다. 단지 내 마음속에 미심쩍은 데가 있고, 말도 이치에 맞지 않았으며 행동이 적극적이지 못했기 때문에 발탁할 좋은 기회를 놓치고 말아 다시는 일으켜 세울 수 없는 유아두[81] 꼴이 났다.

생각은 변했지만 대약진 운동 때문에 손쓸 틈이 없었다. 대약진 운동 후에는 곧 암흑의 시기가 다가왔다. 대약진 운동 당시에 사람들은 모두 밥 먹는다는 생각을 할 틈도 없었는데, 암흑의 시기에는 오히려 밥을 먹어야한다는 생각은 했지만 입에 풀칠하기조차 힘들었다. 간장도 배급받아야하는 마당에 누가 대중요리에 불만을 가지

겠는가? 채소국도 순식간에 바닥이 나서 국을 끓일 때 기름을 적게 넣고 소금을 많이 탔다. 밥 먹을 능력이 되는 사람은 배를 채울 수 있었지만, 맛이 있는지 없는지까지 생각할 겨를이 있겠는가!

이것으로 주쯔예는 고통스러웠다. 그는 40년이 넘는 세월을 배를 채우기 위해 먹는 것이 아니라 '맛으로 먹는 것'을 지향했다. 맛은 음식물의 정화가 합쳐져야 완성된다. 채소를 먹을 때는 그 중심을 먹어야하고 생선을 먹을 때는 꼬리를 먹어야하며, 계란 노른자는 먹지 말고 고기 비계도 먹지 말며, 버섯과 햄은 많이 먹어야 한다. 이 모든 것이 소실되었던 당시에는 제 아무리 날고 기는 재주를 가진 쿵비샤라 해도 밥 짓기가 어려웠다.

인간은 괴상한 동물이라 일단 먹기를 작정하면 미각이 특히 예민해져서 짜고, 싱겁고, 향기롭고, 달고, 연하고, 진한 맛을 모두 구별해낸다. 공복에는 굶주림이 최고조에 달해 능히 세 공기의 밥을 먹고 배를 채운다(쌀밥이건 아니건 상관없다). 그 유쾌하고 만족스런 감정은 형용조차 어려울 정도다. 주쯔예가 일생동안 맛을 먹었다고는 하나 이 규칙을 벗어날 수는 없었다. 그는 굶주림에서 벗어나기 위해 작은 정원에서 뛰쳐나와 마대를 들고 온종일 거리를 쏘다녔다. 맛있는 음식을 찾으려는 것이 아니라 둘러싼 사람들 사이를 뚫고 들어가 값을 따지지 않고 고구마, 무, 땅콩을 사려는 의도였다. 그러나 유감스럽게도 항상 빈손으로 돌아왔다. 피로가 극에 달해 실망스런 안색으로 우리 집 앞으로 걸어왔다. 나를 만나 처음으로 그는 부자들이 부리는 횡포를 부리지 않았는데, 아마도 금전이 만능이 아님을 처음으로 느낀 것 같았다. 이치대로라면 주쯔예는 굶주리지 않아야 한다. 도시는 농촌과 비교할 수 없어서, 그에게 지급되는 정량의 보급품이 있다. 대약진 이전 그의 집은 정량을 다 먹을 수 없어서 기부를 하면서 조절했는데, 두 근을 기부했다 치더라도 배를 주릴 정도는 아니었다. 괴이한 것은 부식품과 기름은 모자라면서 양식은 솜뭉치로 만든 것처럼 하루 한 끼로 여덟 냥이 뱃속에 들어갔지만, 어느 구석으로 들어갔는지 모른다는 것이다. 또한 그의 사고방식에도 문제가 있어서 한 끼를 배불리 먹지 못하면 열흘을 굶은 것 같이, 눈만 뜨면 먹는 생각만 한다. 주쯔예는 예전에도 눈을 뜨자마자 터우탕미엔을 먹을 생각부터 했는데 지금은 오히려 탁자 위의 밥그릇만 응시하게 되었다. 그는 늘 자신의 밥이 쿵비샤 딸아이의 밥보다 적다고 생각했다. 쿵비샤도 화가 났다.

"뱃속에 걸신 들었어요?"

"내가 망령이 붙은 거요, 아니면 당신이 붙은 거야? 둘 중에 하나는 분명해!"

쿵비샤는 딸아이의 밥공기를 빼앗았다.

"자 여기, 다 드세요. 어쨌든 딸아이도 당신이 먹여 살려야하니까!"

아이는 '앙' 하고 울음을 터뜨렸고 부부는 싸움을 계속했다. 싸움을 마친 뒤, 분식제를 실행하여 석탄 난로 하나에 냄비 두 개를 올리고 각자의 밥을 지었다. 밥 먹을 때는 모여서 먹고 다 먹고 나서는 양쪽으로 나뉘었다. 두 사람이 팔짱을 끼고 거리를 걷던 모습을 더는 볼 수 없었고, 쿵비샤의 애교 섞인 "라오주, 어서 와요!"와 같은 콧소리도 들을 수 없었다.

자산계급의 가정 관계는 금전으로 이루어진 관계이므로 금전이 효력을 잃게 되면 그 관계도 반 토막 난다. 나는 오히려 주쯔예에게 다행스러운 일이라고 생각했다. 이제부터 그는 더 이상 금전을 맹신하지 않을 것이며, 죽 한 그릇, 밥 한 끼를 손에 넣기가 쉽지 않다는 것도 알 것이다. 그리고 끊임없이 미식을 찾아 헤맬 필요도 없을 것이다.

내가 이런 생각을 하는 것은 결코 남의 재앙을 기뻐하는 것이 아니라, 주쯔예와 내가 같은 처지라 그가 배고프면 나도 배가 고프고, 모두가 배고픔을 참지 못하기 때문이다. 이치대로라면 나는 음식점의 사장이므로 먹으려고 들면 여러 가지 방법이 있다. 이런 특수한 시기에는 권세가 금전보다 앞서는 것이 틀림없다. 그러나 나는 일관되게 스스로를 좋은 사람이라고 여겼으므로 굶어 죽는 것은 작은 일이고 절개를 잃는 것은 큰일이라고 생각했기 때문에 속임수는 쓰지 않았다. 솔직히 말하면 정말 기어 다니지도 못할 정도의 굶주림은 없었다. 게다가 우리 가정은 견고하여 어머니와 아내가 필사적으로 지렛대 역할을 하고 있었다. 어머니는 시종 나를 먼저 먹였다.

"얼른 들어라. 먹고 출근해야지. 나는 일이 없으니 좀 있다가."

나는 그 '좀 있다가'라는 말이 무엇을 의미하는지 알고 있었다. 어머니는 언제나 자신의 밥을 덜어 놓곤 했다. 아내는 딸아이의 확실한 후견인으로 아이가 소학교를 다니며 키가 클 무렵, 수업을 마치고 집으로 돌아와 책가방을 내려놓을 새도 없이 아이의 뱃속이 꼬르륵거리며 아우성을 치면, 양을 따지지 않고 아이에게 먹였다. 딸아이는 정신없이 먹어댔다. 키를 키우려는 아내의 의도였다.

아내는 본래부터 약골이라 머지않아 다리에 부종도 생겼고 얼굴에 물집도 잡혔다. 당시에 유행하던 부종병은 누구나 치료가 가능했으며 처방도 간단했다. 돼지족발 하나와 닭 한 마리에 네 냥 정도 되는 얼음사탕을 넣고 달여서 복용하기만하면 되는데, 그것을 어디서 구한단 말인가!

나는 걱정으로 마음이 무거워져 길을 걸을 때도 답답하기만 했다. 아얼의 집 앞에 도착했을 때 그가 문 안에서 손짓으로 나를 불렀다.

그는 벌써 수로 파는 일을 그만 두었다. 그 당시 일거리를 주는 것으로 구휼을 대신할 때, 매일 1.5kg의 쌀만 받고 돌아와도 적극적으로 일하며 한마디 불평도 하지 않았다. 노동자 계급으로서 손색이 없었다. 지도자들도 그를 매우 신임해서 수송기관에 일자리를 주었는데 지금으로 말하자면 단위 노동조합의 위원장 격이다. 그도 나를 믿고 따르며 내가 하는 말은 무조건 맹신했다. 물론이다. 그 인력거는 이미 박물관에 소장되었고 삼륜차도 흔히 볼 수 없게 되었다. 그는 기사 자리를 맡진 못했어도 운전기사의 지도자였다.

나는 아얼의 집으로 들어가서 그의 아버지와 마당에 앉았다. 후에 아들이 간부가 되어 월급을 받고 며느리를 들이고 아싼, 아쓰가 취직이 될 때까지 이 노인은 몇 년 동안 나를 거들떠보지도 않았다. 노인도 더는 파와 생강을 팔지 않았다. 노점을 차린 곳에 작은 탁자를 펴놓고 매일 저녁 양조주를 마시며 나를 만나면 해죽이 웃으며 언제나 손을 흔들었다.

"자, 이리 와서 한잔 해!"

요즘은 시절이 하도 어려워 작은 탁자도 마당으로 들여놓아야 했다. 내가 큰소리로 그를 백부라 부르면 그는 우스운지 입을 다물었다.

아얼이 나를 한쪽으로 끌어당겼다.

"무슨 일인가. 형수님 얼굴빛이 심상치 않던데!"

"맞아, 부종이 있어."

"이렇게 하지. 우리에게 차 두 대가 있으니까 그걸 타고 저장으로 가서 죽순대를 꺾어 오게. 죽순대가 없으면 두메산골로 가서 호

박을 싣고 오든지. 짐수레를 준비해서 날이 밝기 전에 선창에 가있
으면 내가 차 한 대를 내주겠네.”

“아닐세, 그쪽 기관에 종사하지도 않는데 어떻게 받겠나, 게다
가…….”

“그런 말 말게, 나는 ‘인색하게 굴어 남에게 비호감을 사는’ 일은
절대로 하는 사람이 아냐. 그 호박에는 내 몫도 있으니 가지고 와서
먼저 들어. 우리는 늘 차를 타고 밖으로 뛰어다니는 일을 하니 자네
보다 훨씬 유동적이지 않나.”

“하지만…….”

“딴소리 말고 가져와!”

노인이 옆에서 말참견을 했다.

“호박이 뭐 그리 귀한 거라고, 큰 농장에, 트랙터에, 난 보드카
마실 날만 기다려야겠다!”

노인은 입을 벌리고 웃었는데, 나를 조롱하는 것이었다.

나도 웃으며 말했다.

“어르신, 놀리지 마십시오. 지난날 어르신이 저에게 했던 나쁜 소
행을 저는 아직 캐묻지 않았습니다. 아얼이 하천 진흙 파내는 일을
할 당시에 저를 만나면 고개조차 돌리지 않으셨지요 그 뒤엔 어찌
된 일인지 매일 저를 불러 술 한 잔을 주셨지요 걱정 마십시오 지
금은 일시적으로 힘들지만 곧 좋은 날이 올 겁니다!”

노인은 진심으로 웃으며 고개를 연신 끄덕였다.

"맞네, 그 말을 믿네, 믿어."

수천수만에 달하는 아얼 부친 같은 사람들은 어려움 속에서도 구사회를 경험했고 새로운 중국에 대한 믿음을 잃지 않았다. 50년대에 들어 안락한 시절을 보낼 수 있었기에 그들은 물러서면 막다른 골목이 나와서 언제나 희망의 길로 전진해야 함을 알고 있다. 그렇기 때문에 당시와 이후의 감당키 어려운 고통 속에서도 인내하고 기다리면서 비록 기다리는 시간이 길더라도 또 다시 좋은 날이 오리라 믿었다. 나는 그 당시에 그들을 위해 더 많은 새우 살을 볶았더라면 행복한 기억이 더했을 것이라는 후회가 됐다. 그랬더라면 믿는 마음도 더할 것인데!

집으로 돌아와 어머니에게 이 일을 알리자 어머니는 감지덕지하며 짐수레를 빌리러 사방을 분주히 뛰어다녔다.

짐수레를 빌려 집으로 돌아왔으나 주쯔예는 오히려 유령이라도 본 것처럼 짐수레를 따라 우리 집에 건너왔다. 그는 어색하고 초췌한 모습이었다. 그에게 앉으라고 권해도 멍청하게 문 모퉁이에 서서 아무런 대꾸가 없었다. 나는 속으로 이상한 생각이 들었다. 나를 찾아온 이유가 뭘까, 대체 아직도 대중요리에 불만이 있단 말인가!

어머니는 한결같은 마음으로 주쯔예를 존경했기에 억지로 주쯔예를 앉히고 물을 따라주었다.

“주 선생, 하실 말씀 있으면 하세요. 또 쿵비샤와 싸운 겁니까?”

“보시다시피 이렇게 말라서 싸울 기운도 없습니다.”

주쯔예는 한탄스런 말투로 두 번이나 돌출됐던 배를 두드렸는데 그에게 있어 배는 생활 속의 변화를 알리는 징조였다.

맞다. 상당히 풍채 있던 주쯔예의 배는 홀쭉해졌으며, 윤기 흐르던 커다란 얼굴도 오그라들었다. 뚱보가 마르면 더 눈에 드러나는 법이다. 마치 빈 부대자루처럼 맥이 빠져 온통 거죽뿐이었다. 내가 말했다.

“주 선생, 이것도 당신을 단련시키는 것이니 조금만 참아보십시오!”

“아…… 그래, 그렇고말고.”

주쯔예는 망설이며 일어서려고 했으나 다시 주저앉고 말았다.

어머니는 산전수전을 다 겪은 사람으로, 주쯔예의 표정과 태도를 보고 이것은 다른 사람에게 구원을 청하는 것이며 입을 열기가 곤란하다는 표현임을 간파했다. 어머니는 해방 전 궁지에 몰려 부득이하게 주쯔예에게 돈을 빌린 적이 있었다. 또 남에게 돈을 꾸었을 때에는 절대로 갚을 날짜를 넘겨서는 안 된다고 일찍부터 가르치셨다. 어머니는 돈을 빌리러 갔을 때 우물쭈물 말도 못 꺼내고 다시 대문을 나오셨다. 그리고 소리를 낮추고 마음을 진정시키며 에둘러서 말할 줄도 몰랐다. 어머니는 스스로 범한 과실을 다시 다른 사람에게 되돌리고 싶지 않았기 때문에 주쯔예에게 용기를 북돋았다.

"주 선생, 무슨 말이든 하십시오, 말을 해야 도울 거 아닙니까. 한평생 곤란한 일을 겪지 않고 사는 사람이 누가 있겠습니까!"

"호박."

주쯔예는 종잡을 수 없는 말을 했다.

"호박을 따러 간다는 말을 들었습니다. 저에게도 좀 나눠 주실 수 있겠습니까. 제가…… 돈을 드리겠습니다."

어머니는 주쯔예가 돈을 빌리러 온 것이 아님을 짐작했지만 호박 이야기를 꺼낼 줄은 예측하지 못했다. 호박은 아내의 부종병과 연관이 있으므로 어머니에게는 결정권이 없었다. 만일 뜻밖의 재난이나 변고를 당한다면 경우에 어긋나는 일이다. 주쯔예에게 승낙하지 않으리라. 어머니의 생각도 같았다. 수많은 자제들이 재난을 당하면 도의상 하인이 주인을 구제해준다는 고사를 알고 계셨으므로 마지못해 고개를 들고 나를 바라보셨다.

"샤오팅, 네가 결정해!"

하릴없이 주쯔예의 애처로운 모습이 눈에 들어왔다. 그가 의기양양하게 아얼의 인력거에 올라 목에 힘을 주고 찻집 주점에 들어갔을 때부터 부들부들 떨며 남에게 호박 이야기를 꺼낸 오늘날까지 하늘의 징벌을 받은 것만으로 충분했다.

나는 고개를 끄덕였다.

“좋습니다. 나누어 드리겠습니다.”

주쯔예는 두 손을 모았다.

“고맙네, 고마워. 돈을 주겠네!”

말을 마치고 손을 호주머니 속에 넣었다. 그는 돈의 마력을 잊지 않았다.

나는 별안간 반감이 생겼다.

“돈은 필요 없고 대신 조건이 있습니다!”

“무슨 조건?”

주쯔예는 또 불안해졌다.

“일하지 않는 자는 먹지 말라고 했으니 저와 함께 짐수레를 끄는 겁니다. 다른 사람을 시켜 호박을 집으로 가져오라고 할 수는 없지 않습니까!”

“당연한 말일세, 노동을 해야지. 하지만…… 하지만 나는 짐수레를 끌어본 적이 없지 않나. 만일 잘못해서 수레를 강으로 빠뜨린다면 큰일 아닌가.”

나는 이것이 실질적인 문제라는 생각이 들었다.

“당신은 밀기만 하세요. 나는 앞에서 끌고 당신은 뒤에서 미세요.”

“알았네, 있는 힘을 다해서 밀겠네.”

“좋습니다. 내일 새벽 4시경에 골목 귀퉁이 잡화점 입구에서 기다리십시오. 늦게 오시면 기다리지 않고 출발합니다."

나는 그에게 시간을 정해주었다. 노동자는 노동 규율을 반드시 지켜야 한다.

다음날 새벽 3시 55분에 나는 짐수레를 끌고 대문을 나섰다. 조용한 골목을 덜컹거리며 수레를 끌고 갔다.

과연 주쯔예는 약속 장소에 서있었다. 그를 잡화점 처마 아래 서있으라고 한 원래 의도는 심추 여명의 찬이슬을 피하기에 적합한 장소이기 때문이다.

그러나 오히려 그는 낡은 우의를 단단히 동여맨 채 전신주처럼 가로등 아래 서있었다. 내가 한눈에 알아볼 수 있게 하기 위해서였다. 나는 노동이 이렇게 사람을 개조시키고 그에게 최저한도의 정확한 시간을 주지시킨 것이 기뻤다.

"주 선생님, 일찍 나오셨네요. 기다리게 해서 죄송합니다."

"당연히 일찍 나와야지. 담배를 다섯 개비나 피웠네!"

주쯔예는 우의를 벗고 몸을 굽혀 나를 도와 수레를 밀었다.

나는 황급히 말했다.

"옷 입으세요, 빈 수레까지 밀 필요는 없습니다."

나는 주쯔예에게 노동의 기술을 가르치려는 심산으로 수레의 끌채를 앞을 향해 들어올렸다.

"보십시오. 앞이 높아야 뒤가 낮아집니다. 중심이 뒤에 있으면 수레 스스로 앞을 향해 굴러가니까 별로 힘들이지 않아도 됩니다. 호박을 다 싣고 언덕을 오르고 다리를 내려갈 때 도와주시면 됩니다. 평지에 도착하면 수레 측면에 한 손을 걸치고 허리를 앞으로 구부리고 체중으로 누르면서 뒤에서 쫓아오면 됩니다."

주쯔예는 수레를 미는 일이 힘들지 않구나 하고 숨을 내쉬었다. 그는 손에 말아 쥔 우의를 펴서 휘두르며 내 옆으로 걸어왔다. 주쯔예는 두리번거리며 마치 처음으로 여명 전의 쑤저우를 보는 것처럼, 가로등 아래에서 청소하는 노동자를 처음 보는 것처럼, 골목에서 나오는 분뇨차의 덜커덩거리며 굴러가는 소리를 처음 듣는 것처럼 흥미진진해 했다.

"가오 사장, 지금 몇 신데 아직도 한밤중 같은 생각이 드는 겐가."

"4시 3분입니다. 왜요, 시계가 없습니까?"

조금 이상했다. 주쯔예는 어째서 담배 몇 개비로 시간 계산을 하는 걸까?

"솔직히 말하면 내가 대학 재학 중 집에서 론진 손목시계를 사준 적이 있지. 3일정도 차니 차고 싶지 않더군. 손목에 무거운 물건들을 매단 것처럼 불편했거든."

나는 하마터면 웃음이 나올 뻔했다. 그 론진 시계는 아마 벌써 팔아먹어치웠을 것이고 뱃속에 넣어 두는 편이 가장 안전했을 테니까.

"그럼 제 시간에 수업에 들어가지 못했군요. 지각하면 불편했을 텐데."

"지각? 헤헤, 나는 원래 안 다녔어. 무허가 대학의 졸업장도 살 수 있었거든. 사회에 나오기 전 충분히 학문을 닦아두었어야 하는 건데 지금에서야 책을 보고 싶다는 생각이 들지만 아는 글자가 별로 없으니!"

나는 주쯔예가 다시 보였다. 짐수레를 끌 것이 아니라 책을 볼 수 있다면 좋겠지, 독서는 유익하니까.

"어떤 책들을 보셨습니까?"

"당연히 먹는 것에 관한 요리책이지. 당시엔 먹을 만한 게 아무것도 없어서 내가 먹은 음식 중에 가장 맛있는 음식이 생각날 때면 밤에 잠을 잘 수가 없었어. 쟁반과 작은 접시에 울긋불긋한 요리가 눈앞에 어른거려서 말이지. 솔직히 말해 나는 이 방면에 기억력이 뛰어나서 몇 십 년 전에 먹었던 유명한 요리를 어디서 먹었는지, 어느 요리사가 요리했는지, 입속에 들어올 때 어떤 맛이었는지, 뒷맛은 어땠는지…… 모두 기억나. 비웃지 말게. 음식을 먹을 때는 여운을 중시해야 하는 법이지. 파란 올리브가 무슨 맛이 있나? 달지도 짜지도 않고, 바싹바싹하지도 않고 단단하기만 하지. 단지 먹고 난 뒤 입속에 풍기는 상쾌한 향기 때문에 여운을 느끼는 거지. 인간은 정말 만물의 영장이라니까. 맛있는 음식을 그렇게나 많이 만들었으니 말일세! 하늘에서부터 지하 속까지 먹고 강에서부터 바다에까지 나는 음식을 먹지 않나. 만약 인간이 하늘을 뚫고 땅에 구멍을 내서 먹지 않았다면 오늘날까지 존재하지 못했을 거야! 공룡에게 잡아먹혔겠지. 그렇게 거대한 동물이 오늘날 어디에 존재한단 말인가? ……탄식하지 말게. 맞네, 나도 애석하네만 그 당시에 설령 먹어봤다 치더라도 일기를 쓰지 않았기 때문에 지금 생각해보면 그리 전반적이지가 않네. 식단을 보고 복습하고 싶어도 식탐만 생기니! ……아이고, 좀 천천히 가면서 듣게나. 그 식단은 한번 보면 화를 치밀게 하는데 상세하게 기재되어 있지도 않아. 특히나 사람을 화나게 하는 점은 우리 쑤저우의 음식을 깔보면서 모두 기괴한 음식들만 있고 어느 황제가 먹었다는 점이야. 황제가 뭐가 그리 대단해서 매일 백 가지 요리로 겉치레를 했는지, 몇 가지 요리밖에 먹을 수 없다는 것을 모르고! 첸룽[82] 황제는 무엇 때문에 세 번이나 강남으로 내려오려 했겠나. 그것은 바로 쑤저우의 먹을거리 때문에……."

나는 견딜 수가 없었다.

"빨리 호박 따러 갑시다!"

그의 의식을 정화시키려는 심산에 나는 특히 호박이란 두 글자에 힘을 주었다.

“아, 맞다, 절대 호박을 소홀히 할 수는 없지. 호박으로 맛있는 상등 요리를 만들어야지. 과거에 자네 식당에도 시과중[83]이라고도 하고 시과지라고도 하는 유명한 요리가 있었지. 먼저 네 근 정도의 무게가 나가는 수박 한 덩이를 골라 알맹이를 저며서 뚜껑을 덮고 고기는 잘게 썰고 수박 껍질에 무늬를 넣어 준비해두지. 영계 한 마리를 신선로에 찌고 수박 속에 넣고 닫은 뒤 찜통에 김이 오르면 바로 먹을 수 있는 요리가 완성되었지. 먹을 때 싱싱한 연잎 한 장을 수박 밑에 깔아놓으면 청록의 청량감이 흥취를 돋우었지.”

주쯔예는 식단을 읊고 나서 또 고개를 흔들었다.

“사실 그 수박 그릇도 다 가짜였네. 닭에는 전혀 수박 맛이 나지 않았으니 말일세. 수박은 달고 닭은 짜서 둘 다 조화롭지 않았고 수박은 그 청량한 색만 취할 뿐이었지. 우리는 새로운 난과중이란 요리를 만들어 낼 수 있을 거야. 최고의 바바오판[84]을 호박 속에 넣고 쪄서 호박의 상쾌한 향기와 찹쌀의 달콤함이 혼연일체가 된다면 호박이 수박보다 더 전원적인 풍미가 나지 않겠나……!”

지겹다. 장황하게 음식타령을 늘어놓는 바람에 벌써 거의 부두에 도착했다. 나는 그의 말을 자를 생각도 없었고 그에게 어떤 변화가 생길 거라는 기대도 없었다. 천성이 그런 사람이니! 계속 그림의 떡으로 뱃속이나 채우시구려. 난 생각을 바꿨다. 원래 호박의 절반을 그에게 주려했으나, 지금은 삼분의 일만 주기로 결정했다.

길은 달라도

음식을 밝히는 사람과 음식을 혐오하는 사람이 함께 서있게 될 줄은 생각지도 못한 일이었다. '문화대혁명' 기간에 나는 주자파[85]가 되었고 주쯔예는 피를 빨아먹는 흡혈귀가 되었는데, 두 사람이 나란히 팻말을 들고 거민위원회 문 앞에서 죄를 묻게 될 줄은 미처 몰랐다.

흡혈귀가 된 주쯔예는 그래도 할 말이 있었고, 주자파가 된 나도…… 이유가 있었다. 나는 암흑의 시기를 겪은 뒤였기 때문에 시기가 도래했다고 생각해 과거의 혁명에 비판을 가했다. 다시는 바이차이차오러우쓰를 인민의 입에 억지로 넣어줄 수 없었다. 하물며 당시의 형세와 인민의 요구 또한 나의 전향을 핍박하는 상황이었다. 간부들은 고급음식점을 개업하고 고가의 요리를 팔아 발행된 화폐를 다시 은행으로 되돌아오게 하도록 요구했다. 우리 식당은 본래 유명한 요리점으로 도의상 거절할 수 없었다. 사람들은 암흑의 시기에 배를 곯주렸고, 소박하고 게걸스럽지 않다고 자처하는 나조차도 맛있는 음식을 먹고 싶었다. 어머니도 자유 시장을 어슬렁거리며 한 근에 5위안하는 콩기름, 한 마리에 10위안하는 닭을 보고 놀라 소스라쳤다. 그래도 웃으며 한 마리 사가지고 돌아오셔서는 물을 넣고 푹 고아서 아내의 면전에 놓으셨다.

"먹어라, 아가. 2년 동안 고생하더니 못쓰게 되었구나!"

노인은 말을 하며 눈물을 흘렸다. 사실 내 아내의 부종은 이미 사라졌다. 어린 딸아이만 신이 나서 여기저기 떠벌리고 다녔다.

"우리 식구들은 오늘 닭고기 먹었다!"

마치 경천동지할 사건이 발생한 것 같았다.

고가의 요리는 또 주쯔예를 우리 가게로 유인했고, 심지어 쿵비샤까지도 함께 왔다. 비록 두 사람이 어깨동무를 하고 있지는 않았지만 마대자루를 같이 들고 있었는데, 한 사람이 옷고름을 잡고 마주보고 웃고 있어서 다정해 보였다. 그 자루 속에는 맛좋은 사탕과 고급 전병으로 가득 차 있었다. 두 사람은 방금 고가로 머리를 깎아 얼굴은 환하고 회색이 풍만했으며 고급 향수 냄새가 풍겼다. 금전의 작용으로 노년의 애정을 충분히 메울 수가 있었다.

그들은 한 접시에 20위안 하는 차고 달콤한 돼지족발 두 개를 사서 순식간에 두 도시락에 나누어 담았다. 나와 주쯔예는 호박을 끌고 온 이후부터 만나면 서로 머리를 끄덕이고 날씨 이야기를 하며 공통적인 경험을 한 마디씩 나누었다. 고생은 과거의 일이 되었고, 식당엔 팔 음식이 있어서 나도 체면을 차리게 되었다고 생각했다. 주쯔예가 족발을 사러 온 것을 보고 그와 편하게 이야기를 나누었다.

"안녕하세요, 단골손님이 오셨군요!"

주쯔예도 반가워하고 웃으며 악수를 하고는 듣기 싫은 말을 했다.

"방법이 있어야지. 자유 시장에는 족발과 얼음사탕이 없으니 할 수없이 이 가게에 와서 호랑이 고기같이 값비싼 고기를 사야 될 것 아닌가!"

"아…… 그럼 왜 따뜻할 때 먹지 않고 집에 가서 아이에게 주는 겁니까?"

"아닐세. 자네 가게 족발은 충분히 구워지지 않아서 맛이 배지 않았네. 우리는 족발을 집으로 가져가 다시 한 번 더 구운 다음, 새하얗고 큰 자기 접시에 담아 선홍색, 청록색의 잘 다듬은 채소 반근을 깔아 놓지. 그래야 색, 향, 맛을 구비한 요리가 완성된다네. 자네 식당 요리는 한참 멀었네!"

나는 그 말을 듣고 조금 기가 죽었다. 그 당시 호박을 3분의 1만 나누어 줘서는 안 되는 것이었다. 그러나 나는 교훈을 받아들였고 절대로 이 분노를 다른 이에게 전가시키지 않았다. 1963~1964년의 공급 상황은 다시 대약진운동 이전과 비슷해졌다. 나는 차오샤런[86]에 진력하며 사람들에게 이 아름다운 날들의 기억을 각인시키고 싶었다. 사람은 늘 후회만 하고 살 수는 없다. 그러나 사업의 회복은 내 당초의 개혁에 비해 어려움이 백배는 더 했으며 세밀한 부분부터 세밀하지 않은 부분까지, 엄격에서부터 소홀까지, 긴장부터 태만까지, 겸손함에서부터 무리함까지 모두가 비교적 수월한 것이었는데, 국면을 뒤바꾸자니 힘을 소비해야 했다.

바오쿤녠은 일찌감치 '심부름꾼'을 그만두었는데, 나의 설득으로 바꾼 것이다. 그의 행정 직무는 종업원이지만(그는 이 호칭을 재밌어했다), 근무할 때는 오히려 회의장 높은 곳에 앉은 사회자처럼 식당에 떡하니 앉아 있었다. 음식점에 손님이 한꺼번에 밀려들면 그는 더욱 고성을 질렀다.

"어이, 어이, 앞쪽 테이블부터 다 차야하니 마음대로 앉지 마세요! 왜 혼자 슬그머니 창문가로 오는 겁니까?"

"동지, 이리 와보세요."

"주문하시겠습니까? 칠판을 보시면 다 써 있습니다."

"동지. 나는 쑤저우에서 가장 유명한 요리 두 접시를 주문하겠습니다."

"유명 요리? 모든 요리에 이름이 분명하게 쓰여 있습니다."

손님들은 거의 매일같이 내 면전에서 말다툼을 벌였다.

"우리는 밥 먹으러 온 거지 모욕당하러 온 게 아니오!"

나는 황급히 손님에게 사과함과 동시에 다급하게 회의를 열어 사상을 고쳐시키고 서비스 규정을 바로잡았으며 타인을 비판하고 자신을 점검했다. 또한 우리 쑤저우의 골계 예술가 장환얼[87]에게도 감사해야 했다(그가 편히 잠들기를 기원한다). 그는 그때 익살극 <만족하십니까>[88]라는 각본을 써서 연출했다. 이 연극은 또한 나를 적지 않게 도와주었기 때문에 나는 그를 식당으로 청해 보고서를 받은 적이 있다. 그의 보고서는 나의 보고서보다 유효했으므로 그를 초대했으며, 식대를 받지 않고 선전비용으로 청구하여 정산했다.

상술한 갖가지 일들은 '문화대혁명' 기간에 자연적으로 범죄 행위가 되었다. 내가 자본주의를 본격적으로 부활시켜 의리와 인정을 저버리고 혁명 민중을 강박하여 성안의 나리를 섬겼다고 말했다. 장야오얼을 초대하여 접대한 식사 한 끼도 맛없기는 마찬가진데, 그는 온종일 날 따라 다니며 모질게 머리를 구타했다.

바오쿤녠이 우두머리가 되어 나를 겨냥해 반란을 일으켰다. 그는 당시 국장을 타도하면 국장도 될 수 있고 사장를 타도하면 사장도 마음대로 될 수 있다고 착각했다. 먼저 다른 사람이 국장을 타도하자 그도 따를 수밖에 없었다. 바오쿤녠은 확실히 내게 반역할 여러 가지 조건을 갖추고 있었다. 역사는 명백하다. 일관되게 혁명노선을 지지하면서도 가장 고귀한 것은 1963년에 나의 복귀 행위를 제압하였다가 내게서 잔혹하게 타격을 받은 일이다. 이 말도 결코 날조된 말은 아니지만, 1963년도에 나는 그의 유명 요리 이름이 모두 오묘하다고 비판한 적이 있는데, 이 일은 신문에도 실렸다. 실명을 거론하지는 않았지만 언젠가는 압력이 가해질 거라 예감했었다. 때문에 그는 나의 죄행을 공소할 할 때마다 의분에 가득 차 성토하였고 뜨거운 눈물이 눈에 그득했다.

"그 이후 나쁜 세력들이 기세를 떨치고 긴장 상태가 되면서 나의 기세는 꺾이고, 고군분투했으나 어쩔 수 없이 그의 폭위暴威 아래 굴복했다. 나는 바라고, 바랐다……."

바오쿤녠은 늘 식당에서 분량도 많고 내용도 공허하지 않은 소설을 읽었다. 그는 내 상황에 익숙해졌으며 칼자루도 그가 쥐고 있었다. 당시 그는 언제나 내 곁을 맴돌았고 나도 그를 수족삼아 무슨 말이든 터놓고 지내는 사이가 되었다. 이를테면 어릴 적 일찍이 주쯔예를 도와 간식거리를 사고 그의 집에 살 때 방세를 내지 않고 지냈던 일 등의 이야기다. 어떤 이야기는 과거의 불만을 설명하기 위한 것이기도 했고, 목적이 없는 잡담 이야기도 나누었다. 바오쿤녠은 이러한 일들을 한꺼번에 싸잡아서 비평했다.

"죽어도 회개하지 않는 주자파는 어려서부터 자본가에게 매수당해 순식간에 장가 왕조 최후의 날에 다다르자, 비밀스런 목적을 가지고 우리 해방구에 잠입했습니다. 혁명 초기에는 출세하려고 적극적으로 위장하여 권세를 장악했습니다. 기회만 생기면 자본주의로 복귀하여 자신의 주인을 위해 충성을 다 바쳤지요!"

이 이야기는 비록 사실이 아니었지만 충분히 논리적이었다. 나는 장가 왕조 최후의 날에 해방구에 갔었다. 해방 초기 나는 매우 열성

적이어서 사장 자리에 앉았고 당연히 권력도 가졌다. 기회만 되면 경영관리 체계를 바꿨다. 무슨 일이든지 먼저 그 성질을 인정하기만 하면 무슨 말을 해도 일리 있는 말로 들렸으면 어떤 학문도 필요 없었다. "백마는 말이 아니다".[89] 만약 내가 먼저 당신을 말이라 인정하면 당신이 백마든 흑마든 상관없이 당신이 아무리 허무맹랑해도 얼버무려 넘길 수 없다. 그렇지 않다면 세상의 선악이 어째서 쉽게 상반될 수 있는가?

호기심에서 이렇게 말하는 사람도 있을 것이다.

"맞습니다. 건물 가진 자본가가 방세 안 받는 거 봤습니까? 하루 이틀도 아니고 몇 십 년 동안 도대체 무슨 관계길래?"

이런 부류의 사람들은 악의는 없지만 인간과 인간의 비밀 관계를 캐내려고 한다.

바오쿤녠은 이런 관계를 찾아내어 글을 쓰려고 했으나, 거민위원회의 조정을 거쳐 외지로 옮겼다.

주쯔예는 변명의 여지가 없었다. 그는 먹는 것을 좋아하는 것 이외에도 치명적인 약점이 있었다. 맞기를 두려워한다는 점이었다. 바오쿤녠이 소매를 걷어붙이고 탁자를 두드리자 그는 말의 갈피를 잡지 못하고 온몸을 덜덜 떨었다.

"말하시오. 당신은 가오샤오팅을 매수한 적이 있습니까?"

"매…… 매수한 적이 있습니다."

“어떻게 매수한 겁니까?”

“그에게 늘 돈을 주었습니다.”

“어디에서 줬습니까?”

“술집에서요.”

“모두 얼마를 줬습니까?”

“……대략 몇 십 만 위안 정도 됩니다.”

“아니! 그 많은 돈을 어떻게 은행에서 찾았습니까?”

“찾…… 찾을 필요 없습니다. 잔돈입니다. 맞아요. 위조지폐거든
요.”

다행히 바오쿤녠은 화폐에 대하여 나의 할머니보다 훨씬 잘 알고
있었는데, 만약 그가 퉁반[90]과 인위안[91]만 알고 있었더라면 아마도
비웃음거리가 되었을 것이다. 몇 십 만 위안의 위조지폐는 단지 담
배 한 갑의 값어치였다.

“위조지폐? ……위조지폐도 돈이오! 어서 말하시오, 해방 후 당신
들은 무엇 때문에 결탁하게 된 거요?”

“아닙니다. 해방 이후 그는 나에게 그다지 친절하지 않았소”

“터무니없는 소리, 그를 데리고 가시오.”

“아아, 빌어먹을. 잊었소 암흑의 시기에 그는 나에게 호박 한 수
레를 주었소!”

빌어먹을 주쯔예는 일부러 3분의 1만 받았다는 말을 하지 않았

다. 이 숫자 때문에 나는 몇 대 더 주먹질을 당하게 될 판이었다.

이번에는 정말로 큰일이었다. 증거가 확실하고 죄가 산더미 같으니! 더 큰일은 문제가 뒤얽히자 쿵비샤도 끌려온 것이다. 그녀의 전 남편이 해방 전야에 홍콩으로 도망가서 암흑의 시기에도 그녀에게 통조림을 부쳤는데, 비밀리에 특수임무를 통조림 속에 감추어서 지령을 내렸다. 그녀는 스파이로 잠복하며 내가 스파이와 안팎으로 결탁하고 국가 기밀을 훔쳐냈다. ……바오쿤녠이 읽은 책은 모두 방첩소설로, 읽으면 읽을수록 날조하고 싶은 마음이 생겼다. 생각해 보자. 동이 트기 전 3시 55분, 주쯔예는 미제 우의(그 헤진 우의는 미국산 제품이 확실하다)를 입고 사냥 모자를 비스듬히 쓴 채(사실 쓰지 않았다) 전신주 아래에서 배회하며 담배 다섯 개비를 연거푸 피웠다. 네 시가 되자 가오샤오팅이 짐수레를 끌고 골목을 빠져나와 좌우를 살피며 낮은 소리로 말했다.

"갑시다……."

이야기의 첫머리는 흡인력이 있고 거침이 없었으므로 도처에서는 그를 청해 비판 발언을 시켰다. 그는 끝도 없이 비판했고 나는 45도 각도로 비스듬히 구부리고 선채 때때로 질문에만 답했다.

"당신은 죄가 있습니까?"

"있습니다, 죄를 지었습니다!"

나는 확실하게 죄가 있음을 시인했다. 바오쿤녠이 듣기로는 양중바오가 쿵비샤의 집에서 식사를 했고, 양중바오가 지하 식당을 열었다고 조작했고, 돈은 요염하게 생긴 여자가 받았다고 했다. 내가 그를 비판하지 않는 것은 아니지만 자신의 필요에 의해 사람을 중용하는 것에 대해서는 격려해야 한다고 생각했다. 만약 거짓말로 날조하여 이득을 취할 수 있다면, 왜 날조하지 않겠는가? 이득이 커질수록 더욱더 괴이하게 날조하려고 할 것이다.

"대답하시오. 천번만번 죽어 마땅하지 않소?"

나는 한사코 대답하지 않았다. 살고 싶었다. 나는 실수를 바로잡고 싶었다. 그것 때문에 희생하고 싶은 공산주의 사업이 있었다.

또 주먹이 날아왔다. 세지는 않았지만 칼처럼 날카롭게 느껴졌다. 나는 언제나 바오쿤녠이 쥐고 있는 칼자루를 생각했는데 절반의 책임은 내게 있었다.

거민위원회도 의견을 표시하지 않을 수 없었으나, 공개 집회에서 비판하는 일 모두를 바오쿤녠에게 책임을 전가하고, 얻고자 하는 것을 얻지 못하자 부득불 나와 주쯔예, 쿵비샤를 이른 새벽 거민위원회 입구에 강제로 세우고 공개 사과를 시켰다. 나와 주쯔예는 마침내 나란히 섰다.

팻말을 가슴에 건 채 거민위원회 앞에 서서 사죄하는 일, 그 기분은 '붙잡혀서 연단에 올라가는 것'보다 더 괴로운 일이었다. 연단 아래 새카맣게 모인 군중들을 보았지만 내가 아는 사람이 얼마나 있는지는 알 수 없었다. 거민위원회 입구에 서니 상황이 달라졌다. 새벽에 골목을 출입하는 사람들은 모두 내가 아는 사람들이었다. 채소 장바구니를 들고 있는 할머니는 내가 크는 것을 지켜보았으며, 저 형수가 결혼할 때 결혼식에 초대받아 참석했고, 저 아이는…… 며칠 전 나를 만났을 때 숙부라고 불렀었지! 나는 차마 사람들을 볼 수 없어 고개를 떨어뜨렸고 사람들도 나를 쳐다보지 못했다. 멀쩡 하던 사람이 도둑질한 것도 아니고 약탈한 것도 아닌데, 별안간 목 매달아 죽은 귀신처럼 가슴에 팻말을 걸고 꼼짝도 하지 않고 그곳 에 똑바로 서있었다. 누군가는 우회하여 지나갔다. 우회하다 뒤쳐진 사람들은 총총히 도망치듯 지나가며 못 본체 했다. 공교롭게도 나 는 그들의 걸음걸이와 구두와 양말을 보고 누구인지를 분간했다. 가장 정확하게 본 사람은 바로 어머니였다. 어머니는 어릴 때 전족 을 했고 한참 후에 풀었다. 중간 크기의 두 발이 아들을 에워싸고 몇 번이나 몸을 돌려 방향을 바꾸었는데 발길이 무겁고 어수선하며 일그러지고 주저하는 모습이었다.

오직 아얼만이 전혀 대수롭지 않게 여기며 내 신변으로 걸어와서 크게 기침소리를 내고 조용히 말했다.

"초조해하지 말고 버티게."

쿵비샤가 더욱 견딜 수 없었던 이유는 그녀가 치장하기를 좋아하 고 풍격을 아는 사람이었기 때문이다. 지금은 앞뒤로 머리가 깎인

채로 여자 스파이라고 적힌 팻말을 걸고 이곳에 서있다. 스파이 앞에 여자를 보태니 사람들의 주목과 비난을 더 쉽게 받았다. 어느 누구도 여자 스파이가 요리를 만들 수 있다고는 생각지도 못하고, 언제나 남녀 간의 관계를 어지럽힌다고만 생각했기 때문이다. 게다가 빌어먹을 주쯔예는 쿵비샤가 외국에서 온 통조림 상표를 벗겨서 판유리 안에 상표를 모아두었다가 사구[92]를 타파할 때 비로소 소각했다고 분명히 자백했다. 바오쿤녠의 이야기 속에 많은 에피소드를 제공한 그 암호는 상표 종이의 뒷면에 있었다. 쿵비샤는 부끄럽고 원망스럽기도 하며 초조한 마음에 서 있은 지 반 시간도 안 되어 '쿵' 하는 소리를 내며 땅바닥에 넘어졌다. 얼굴에는 선혈이 낭자하고 인사불성이 되었다. 다행히 거민위원회 주임은 누구와도 적대감을 갖는 것을 원치 않았기 때문에 사람을 시켜 그녀를 부축하여 집으로 돌려보냈다.

나는 주쯔예에게 더욱더 반감을 가지게 되었다. 취조를 받을 때 그와 같은 부류의 인간처럼 보이기 싫어서 그와 멀리 떨어졌다. 주쯔예 당신이 먹는 것을 좋아하는 점은 제쳐두자. 이런 상황에서 그것은 아예 일의 발단이라고 할 수도 없었다. 무엇 때문에 매를 그렇게 무서워하는지? 잠시의 안일을 위해 결국 부부의 정까지 저버리고 무책임하게 조목조목 세목까지 불어 버리다니. 이로써 나는 먹는 것을 좋아하는 습성을 가진 인간들은 모두 나약하다는 결론을 내렸다. 그는 어떠한 시비에도 상관없이 목숨을 걸고 수단을 총동원해 자신의 신변만 보호하고 만족하려는 모습이 가련하고 꼴사나운 밥통 같았다.

둘째 날 이른 아침, 아얼이 머리에 안전모를 쓴 신체 건장하고 힘깨나 쓸 것 같은 운송 노동자를 20명이 넘게 대동하고 나타났다. 대오는 큰 짐수레 한 대로 선도하여 몽둥이와 밧줄과 정을 짐수레 위에 실었다. 차가 우리 면전에 다다랐을 때 아래에 정차시키더니 크게 소리쳤다.

"누가 당신들을 여기에 서있으라고 시켰습니까?"

주쯔예는 또 놀라서 황망히 대답했다.

"거민위원회 주임입니다."

아얼이 손으로 지휘했다.

"몇 사람이 가서 주임을 찾아오시오."

대여섯이 동시에 대문으로 들어가 주임을 대문 앞으로 끌고 왔다.

"당신이 저들을 여기 세웠습니까?"

"그렇습니다. 실례지만 당신들은 어느 파 사람입니까?"

거민위원회 주임은 나쁜 의도를 가지고 온 사람이라는 것을 직감했다.

"우리는 몽둥이 파요. 여기는 사람이 서 있어서는 안 되는 장소요. 교통에 방해가 된단 말이오!"

말하는 도중에 어떤 사람이 짐수레로 가서 몽둥이와 정을 들고 왔다.

거민위원회 주임은 재빨리 손을 저었다.

"혁명동지들, 이 일은 협의가 가능합니다. 상의합시다."

아얼이 말했다.

"이렇게 합시다. 만약 당신이 이 일을 해명하지 못한다면 저들을 모퉁이에 있는 골목으로 데려가 청소를 시키겠소."

거민위원회 주임은 사회 경험이 많은 사람으로, 즉각 아얼의 의도를 알아차리고 구타당할 위험을 무릅쓸 필요는 없다고 판단했다. 그는 우리들을 향해 손을 흔들었다.

"돌아가시오. 각자 집으로 돌아가 빗자루를 가져오시오."

아얼은 기뻐하며 힐끗 곁눈질로 나를 보았다.

"게으름 피우지 말고 깨끗하게 청소하시오!"

나는 그의 말을 듣고 속으로 웃었다. 모퉁이 뒷골목은 도합 30미터가 못되는 막다른 골목으로 그리 청소할 곳도 없었기 때문이다.

그러나 나는 하는 수없이 주쯔예와 분담했다. 내가 빗자루를 메고 골목으로 들어가면 그도 내 뒤를 바짝 뒤쫓아와서 내가 쓸면 그도 쓸고, 내가 쉬면 그도 쉬었다. 또 기회가 생기면 나에게 사의를 표했다.

"자네가 친구라서 얼마나 기쁜지 모르네. 참으로 의리 있는 친구야!"

나는 참지 못하고 고함을 질렀다.

"제 친구는 음식을 가리지 않아요!"

괄목상대

기실 헤어진 지 3일이 아니라 3×3=9, 꼬박 9년 동안 주쯔예와 만나지 못했다. 그는 아직도 54호에 살고 있었으며, 나와 가족들은 사상 단련을 위해 농촌에서 9년을 보냈다.

9년이라는 시간은 짧은 시간이 아니기에 견문과 몸소 겪은 일들은 나를 생계 문제에 한층 더 매달리게 했다. 그러다가 쉰 살 생일을 맞게 되었다.

생일날, 어머니는 늙은 암탉 한 마리를 잡고 양허다취 한 근을 뒷거래로 바꿔 오셔서 울적하게 몇 잔 마셨다. 세 잔을 마신 뒤 갑자기 놀라서 얼이 빠졌고 어찌된 일인지 아무 일도 이루지 못하고 벌써 쉰이 되었구나! 해방 초기에 나는 쉰 살이 넘은 사람과 회의를 개최했었는데, 상하 계층의 사람들은 밉보이지 않기 위해 모두 그를 존중했다. 내 인상 속에 쉰이 넘은 사람은 이미 노인이었다. 농민의 생활 속에서 쉰이 넘은 사람은 아들딸이 있고, 아들딸들이 효심이 지극하다면 무거운 짐을 질 수 없다.

一事無成兩鬢斑, 아무짝에도 쓸모없는 양쪽 살쩍반점은
常使英雄淚滿衫. 언제나 영웅의 눈물로 적삼을 적시게 한다.

나는 비록 영웅은 아니지만 눈물이 흘러내렸다. 나는 눈물어린 눈과 취기 속에 터무니없는 생각을 했다. 만약 내게 새로 시작할 수 있는 능력이 주어진다면, 첫 번째로 내가 원하는 것은 ……이고 두 번째로 원하는 것은 ……인데, 그야말로 꿈같은 일이다. 꿈도 일종의 예감과 같아서 어떤 때는 실현이 되기도 하지만, 실현하는 것이 꿈처럼 쉽지만은 않다.

재난이 지나간 뒤 나는 다시 쑤저우로 돌아왔다. 이번에는 배낭만 메고 돌아온 것이 아니라 트럭에 어른과 아이, 병과 통조림, 탁자와 의자, 가구와 농기구를 가득 싣고 돌아왔다. 나는 쑤저우성에 대해 익숙하지 않았다. 낯설기도 하지만 조금 익숙하게도 느껴졌다. 거리와 골목은 변함이 없었으나 이주한 사람들이 이렇게 많을 줄이야! 쑤저우 사람들은 일거리가 없으면 원림에서 노니는 것이 아니라 어슬렁거리며 한길을 돌아다녔다. 지금은 길을 건너는 것조차도 주의해야 했다. 오랫동안 만나지 못한 지인을 큰길에서 우연히 만나도 기껏해야 인도에 서서 목청을 높이고 이야기를 나눌 수 있을 뿐이었다. 끊임없이 사람들이 오가며 어깨를 스쳐 지나갔다. 대량의 하방은 도시 인구를 감소시키지 못했고, 원래 안정적이던 도시를 더욱 팽창시켰다. 팽창으로 인해 나조차도 몸을 의탁할 곳이 없어 친척집에 머무르게 되었다. 이 일로 주쯔예와 멀리 떨어져 살게 된 것도 나쁘진 않다. 그는 도시의 동쪽에, 나는 서쪽에 살았다.

나와 비슷한 연배의 조직부 동지가 나를 찾아와 이야기를 나누었다. 그 당시 나를 3일 동안 굶기려 했던 늙은 부장은 벌써 죽은 뒤였다. 그가 편히 잠들기를. '문화대혁명' 기간에 다른 도시에서 '몸을 던진' 것이다. 만물박사 딩다터우도 죽었다. 그 같은 '만물박사'가 먼저 하늘나라로 가다니, 무엇이든 아는 척하며 실상은 무지렁이인 나 같은 사람도 오늘날까지 살고 있는데…….

"조직에서 고려해 봤는데, 원래 직장으로 복귀하는 것이 어떻겠습니까?"

나는 어떠한 이의도 없었지만 한바탕 비통한 감정이 들어 저절로 눈물이 났다. 만약 노부장이 내 앞에 앉아 있었다면 그와 머리를 감싸 쥐고 통곡했을 것이다.

노부장, 이제는 나를 3일 동안 굶길 수 없을 것이오. 생계를 위해 살아야 한다는 의미를 뼛속 깊이 느꼈으니. 안심해라, 딩다터우. 더는 바이차이차오러우쓰를 다른 사람의 입속에 쑤셔 넣는 일은 없을 테니. 나는 작업 시간을 세배로 늘리고 필사적으로 일에 매달리리라. 노부장을 위해서 그리고 너를 위해서…….

"흥분하지 마십시오. 과거는 과거일 뿐이고 어려움이 눈앞에 닥쳤으니."

나는 고개를 끄덕였다. 필요 없는 말이지만, 매번의 재난은 생계에 타격을 주었다. 재난이 지나간 뒤 첫 번째 폭풍은 식품 시장을 향한 쇼크고, 그 다음에 차림새에 생각이 미치며, 선풍기와 TV를 생각할 것이다.

나의 예측은 틀리지 않았으나 예측 속에 두 가지가 빠졌다. 10년 동안의 동란 후 혼돈은 멈췄지만 동란은 도리어 큰 면적으로 번졌다. 인민들은 도처에서 움직이며 분분히 관계를 맺었다. 전우를 방문하고 친척, 옛 동학, 옛 상사를 만났다. 10년 동안 수감을 당했고 반우 투쟁 이후 연락이 끊어진 이도 있었다. 누가 살아있고 누가 어디에 살고 있는지 서로에 대한 안부를 묻기 바빴다.

"좋소, 가봅시다!"

거의 모든 가정에서 놀라는 일이 발생했다.

"아이고, 어떻게 왔소……?"

나는 먹을거리를 밝히는 것은 반대하지만, 이런 상황에서 손님 초대는 결코 반대하지 않는다. 나도 감정이 있는 사람인지라 만일 딩다터우가 살아 돌아온다면 3일 동안 정성껏 대접했을 것이다.

내 예측 속에 빠진 다른 한 가지는 여행붐이 일어난 것이다. 이전에 우리는 여행이라는 단어를 사용하기보다 일반적으로 '유산완수游山玩水'라는 폄하적인 표현을 사용했다. 지금은 조국 산하의 아름다움을 감성적으로 음미하는 정서로 바뀌었지만, 어떤 의미든 반대하고 싶은 맘은 없다. 사람은 동물이므로 마땅히 어디든 갈 수 있다. 특히 외국인들이 오는 것을 환영하고 그들에게 우리 민족의 문화를 보여주며 외화를 벌어들인다면 일석이조가 아니겠는가! 여기 쑤저우의 원림이 모두 가산가수假山假水이며 인공으로 만든 것이라 여기지 말자. 한번 물어보자! 인위적이지 않은 문화가 세계 어느 곳에 있는가? 진짜 산과 강이 위대한 것은 사실이지만 그것은 하느님이 준 것이지 문화라고 간주할 수는 없다. 하물며 쑤저우 원림의 인공물은 진짜보다 더 전형적이며 집약적이고 완미하여, 전 세계적으로 유일무이하니 허풍이 아니지 않은가!

쑤저우의 요리를 어떻게 생각하는가? 사장님의 입장은? 역사가 깊은 천당에서 먹고 노는 것은 어깨를 나란히 하는 것으로, 대접 받는 것을 반대하는 입장도 아니고 유람을 반대하는 것도 아니라면 외국 친구들을 환영하는 것이야말로 낙후를 면하는 길이다. 낙후되면 고립당한다.

처음 한동안은 의견이 분분했던 것도 사실이다. 무엇을 먹을 것인가도 난감했고 종류도 적었으며 서비스도 형편없었다. 이의를 제기하는 이도 있었고 불평하는 이도 있었으며, 내 코앞에서 손가락질을 하며 큰 소리로 욕설을 퍼붓는 이도 있었다. 바오쿤녠은 또 젊은 무리의 음식점 손님들과 싸움을 일으켜 주먹세례를 받았다. 방법이 없다. 바오쿤녠도 회복의 과정이 필요하다. '문화대혁명' 기간에 그는 종업원이 아니라 사령원[93]으로 재직하면서 그가 도착해 호루라기를 불면 홀을 메운 손님들이 모두 일어나 그를 따라 어록을

낭독했다. 이 모든 것이 끝나면 식사 규율을 선포했다. 1번 창구는 요리를 나르고, 2번 창구는 밥을 나르고, 3번 창구는 국을 나르고, 먹은 뒤에는 본인 스스로가 홀에 있는 큰 물탱크에서 그릇을 씻어야 했다. 그는 나의 당초 개혁을 최고봉에 이르게 한 장본인이다.

다른 사람들이 내게 푸념을 늘어놓고, 나도 다른 사람에게 불평했는데, 내 불평은 비공식적이었다.

"현재의 일은 어려워서……."

식당 안에서 불만을 표출할 수는 없었다. 한꺼번에 표출한다면 식당을 소란스럽게 만들 뿐이다. 나는 나이가 많으므로 경솔하게 행동할 수 없어 주의를 기울여야 했다. 특히 바오쿤녠에게 말할 때는 우호적으로 이야기해야 했는데, 온종일 나에게 타격을 주고 보복할 날만 기다리고 있었기 때문이다. 그렇다. 그가 '문화대혁명' 시절에 사람을 때린 적이 있었는데 그 사람은 다름 아닌 나였다. 주쯔예는 빨리 자백하여 구타당하지 않았고, 쿵비샤도 그에게 맞지 않았다. 그 자신도 역시 속임수에 넘어가서 사장 자리에 앉지 못했으니 나보다 불만이 몇 배는 클 것이다.

바오쿤녠은 사람들에게 몇 대 맞은 뒤 부자연스러운 얼굴을 하고 사무실로 나를 찾아왔다.

"가오 사장님, 제가…… 과거엔 죄송했습니다……."

나는 황급히 손을 저었다.

"됐네, 됐어. 과거지사는 꺼내지 말게. 나도 자네를 전적으로 책망할 수만은 없는 일이니. 자네가 반성한다면 그것으로 끝난 거야. 자네에게 무슨 일이 있는지 고민 말고 솔직하게 말해보게."

바오쿤녠은 눈을 크게 뜨고 반신반의하며 말했다.

"제 생각은…… 저는 종업원 일을 하기에 부적합하다고 생각됩니다. 제 말투는 상대방을 화나게 하는 말투입니다. 과거 여러 해 동안 터무니없는 생각을 해 봤는데 모두 비현실적인 생각이었습니다. 앞으로 다시는 큰소리로 호통 치는 일은 없을 겁니다. 능력이 닿는 대로 생활을 꾸리고 최고의 기술자가 되기 위해 열심히 기술을 배우고 싶습니다."

"식당을 그만 둘 생각인가?"

"아닙니다. 그것도 비현실적인 일입니다만, 저는 요리사가 되고자 요리를 배우고 싶습니다. 아무튼 요리를 배워두면 다른 누구보다 적합하다는 생각이 들었습니다."

"아……."

나는 복잡한 머리를 진정시키고 두 가지 문제를 고려했다. 하나는 바오쿤녠의 서비스 태도가 한순간에 바뀌기는 어려울 것이고, 그가 상당히 긴 시간에 손님과 싸우지 않는다는 보장도 없었다. 또 하나는 주방에 확실히 사람이 필요하지만 젊은 요리사를 양성하는 것도 큰 문제였다. 나는 두말하지 않고 즉시 동의했다.

바오쿤녠은 매우 만족스러워하며 도처에 떠벌리고 다녔다.

“안심하시오. 이 주자파가 공격하거나 보복하지 않을 거야. 내가 그렇게 때렸는데도 그는 앙심조차 품지 않았어. 당신이 대자보를 붙이고 발언 몇 번 한 게 뭐 그리 대수요!”

그의 말은 민심을 안정시키는 작용을 하였으니 바오쿤녠의 말을 우습게 여길 수는 없었다. 민심을 다스리는데 같은 일을 여러 번 되풀이해야 하는 것은 생각하고 싶지도 않았다. 불평불만이 비록 많긴 하지만, 일을 망치려는 것이 아니라 직무에 최선을 다하려는 것이다. 단지 조금 성급했을 뿐이다. 성급함도 일종의 원동력으로 전혀 아랑곳하지 않는 것보다 낫다.

나는 동지들과 손님들의 의견을 자세히 연구했고, 서비스 태도와 관계된 것을 제외하고 요구하는 바가 매우 다르다는 점을 발견했다. 어떤 이는 배불리 먹고 싶어 했고, 어떤 이는 맛있게 먹고 싶어 했다. 어떤 사람은 빨리 먹어야 했고(놀러가기 위해서) 어떤 사람은 다그칠 수 없었다(옛 친구의 회식 같은 경우). 먼저 이름난 음식을 물어보는 이도 있었고, 가격부터 물어보는 사람도 있었다. 기다리는 것 때문에 화를 내는 사람도 있었고, 음식 값이 터무니없이 비싸다고 불만을 표시하는 사람도 있었다. 바이차이차오러우를 억지로 권할 수는 없지만 바이차이차오러우도 모자라면 안 되었기에 맛있게 볶아내려고 애썼다.

나의 사상도 해방되어 칼로 베듯 일률적으로 일을 처리하지 않았고, 약간 서구적인 것도 도입했다. 대중요리라 부르지 않고 '콰이찬'[94]이라 부르기로 했는데, 요리 하나, 탕 하나, 밥 한 공기를 두루 갖춘 메뉴를 먹고서 원림에 놀러가도 시간적 여유가 남았다. 사실 콰이찬도 대중요리와 비슷하지만 들어보면 효율적이었다. 만약 그렇지 않다면 '대중'이 2층으로 올라가는 모습을 보기만 하면 누구라도 고급을 싫어하는 사람은 없기 때문이다. 우리들은 아래층을 콰이찬부로 고치고 기차 좌석에 가죽 등받이를 일률적으로 배치했다. 거기에 앉아서 식사를 하면 마치 여행 온 것 같은 기분이 들었다. 특히 젊은이들이 만족하고 재미있어 했으며, 신선하고 큰 돈을 쓸 필요가 없어 좋아했다. 내가 젊었을 때 말로만 듣던 트랙터를 현재 그들은 그 당시의 우리보다 잘 알고 있었고, 외국의 어느 식당이 바뀐 것도 알고 있었다. 어떻게 방향 전환을 해야 할지는 나도 모르지만 어쨌든 기차 좌석에 앉아서 식사를 하는 것도 유동적 재미를 가져다주었다. 다행히 콰이찬의 맛도 괜찮았고 요리를 첨가하는 것도 가능했는데, 훈제생선, 돼지갈비, 새우튀김, 닭요리를 추가했다. 먹고 기뻐하는 젊은 친구들이 나에게 손가락을 튕기며 말했다.

"여기요. 최고급 위스키 한 병 주시오!"

위스키와 보드카는 별로 차이가 없었으므로 나는 이 주문에 동의할 수 없었다.

위층에 설립한 볶음 요리부는 회의장을 식당처럼 고치고 크고 작은 방들을 칸막이로 막아 일률적으로 바셴줘[95]를 놓고, 마호가니를 모방한 등받이 의자로 꾸몄다. 손님이 많을 때는 둥근 테이블로 늘릴 수 있게 배치했고 벽 모퉁이에는 소철나무 화분을 몇 개 놓았다. 노인들은 회고하는 것을 좋아해서 들어와서 살펴보고는 고개를 끄덕였다.

"음, 역시 과거와 비슷해!"

사실 과거와는 다르다. 정말 과거와 똑같다면 그들은 다른 주장을 했을 것이다.

"어떻게 20년이 지나도록 이 모양일까!"

내가 온몸이 흙투성이고 머리를 그을리고 이마를 데어가면서까지 정신없이 분주할 때, 배후에서는 날 욕하는 이가 있었다.

"모두가 이 늙다리 짓입니다. 당시에 허문 것도 그고, 현재 칸막이를 친 것도 그 사람입니다. 무슨 짓을 하는지!"

이 말을 들은 나는 심장이 무너졌다. 뭐, 나도 늙다리가 되다니! 늙음…… 뭐 늙는 것도 괜찮다. 늙다리라는 말에는 어떤 의미가 내포되어 있는가? 좋다. 일 하려 해도 손댈 수 없으니 어쨌든 몇 놈에게는 일을 시켜야 한다. 더군다나 허무는 것부터 다시 만들기까지 단순한 중복이 아니다. 그 과정 속에는 개선이 있었고 발전이 있었다. 이는 낡은 것을 파괴하지 않고서는 새 것을 세울 수 없다는 말이다.

유감스럽게도 부수고 세우는데, 뜻밖에도 10년이 넘는 시간이 소비되어 나의 심중도 편치만은 않았다.

식당을 개량하는 일과 서양 요리를 도입하는 것은 쉬운 일이나 전통 유명 요리를 복원하려면 전면적인 질의 향상이 어렵고 인재가 모자라기 때문에 어려움이 따랐다. 양중바오와 그의 동년배들은 잇달아 퇴직했다. 퇴직 연령에 다다른 이도 있었으며 온갖 방법을 써서 퇴직을 앞당기는 이도 있었다. 자녀가 자신의 직장을 승계하여 다니기 쉽게 하려는 의도였다. 유명 요리는 모두 이름이 있었지만, 어떤 요리의 이름은 젊은이들 귀에 잘 들어오지 않아서 그들의 마음이 조급해졌고 배우고자 하는 마음이 간절해질수록 양중바오가 더욱 그리웠다. 양중바오를 만난 이는 없지만 스승에게서 그의 솜씨에 대해 들은 적이 있을 것이다. 틀림없이 내가 양중바오를 어떻게 대했는지 말했을 것이다. 역사는 책 속에 쓰이는 것만이 아니라, 많은 사람들의 입으로도 널리 전파되는 법이므로.

나는 양중바오를 찾아가기로 결정하고 과거의 개운치 않았던 감정을 그가 문제 삼지 않기를 바랐다. 우리에게 강의를 해주면 교수 대우에 근거하여 한 타임 강의에 8위안을 주기로 했다.

내가 갔던 그날은 온 나라에 큰 비가 내렸는데 호우 속에서도 가야만 했다.

양중바오는 비를 무릅쓰고 찾아온 나를 보고 감동했다.

"아…… 아직 나를 기억하다니!"

그는 확실히 늙어서 거동이 불편했고 귀도 잘 들리지 않았다. 내가 찾아온 취지를 설명하고 과거 일을 반성하자, 그는 내 손을 꼭 잡고 나의 손등을 쳤다.

"자네, 어째서 그런 말을 꺼내는 건가. 나는 깡그리 잊었네. 내가 기억하는 것은 거기가 내 친정집이고 거기서 견습공 일을 했으며, 거기서 크고 자랐다는 것뿐이네. 죽기 전에 친정으로 형제자매를 방문하려는 결심을 몇 번이나 했었네. 자네가 청하든 청하지 않던 가볼 터인데, 자네들 사정이 매우 급한 것 같으이!"

나는 그의 말에 감동받았다. 그것은 늙은 노동자의 도량이었으며 심중이었다. 그는 우리의 사업에 애정을 가지고 있었고 그 애정도 나보다 깊고 두터웠다.

양중바오가 왔다. 손자가 그를 모시고 왔다. 그는 먼저 식당의 안팎을 쭉 둘러보고 계속해서 머리를 끄덕이며 과거와는 비교할 수 없다는 찬사를 보냈다. 특히 넓은 주방, 냉장고, 통풍기, 취사도구, 새하얀 싱크대는 그 당시 그가 일하던 교류처에서는 없는 조건들이었다. 나는 그에게 전 메뉴의 일별을 부탁했고 그는 자세하게 검토했다.

양중바오가 강의를 시작하자 온 식당 종업원들이 소회의장을 가득 채웠다. 나는 사상 해방을 위한 광범위한 강의를 부탁했고 결점을 많이 지적해달라고 요청했다.

그러나 양중바오는 분수와 이치에 맞는 강의를 펼쳤다.

"나는 당신들이 열심히 일하는 모습을 보았습니다. 쑤저우의 유명 요리를 거의 완비하고 있으며 요리 솜씨도 수준급입니다. 결점은 원료의 부족과 사재기로 야기되는 문제점입니다. 이것은 처리하기 까다롭습니다. 현재 음식을 사 먹는 인구가 많아지면서 10위안, 8위안의 돈을 대수롭지 않게 여긴다는 점입니다. 어떤 유명 요리는 여러분조차도 금시초문이므로 여러분을 탓할 수만은 없습니다. 왕왕 요리 하나가 몇 개의 이름을 가진 것도 있으니까요. 예를 들면 쑤저우의 '톈샤디이차이'는 사람을 놀라게 하는 이름이지만, 사실은 누룽지탕입니다……."

아래에서 천둥 같은 웃음소리가 났다.

"누룽지탕은 여러분 메뉴에 언제나 있습니다. 어떤 유명 요리는 여러분이 알고 있듯 대량으로 공급하기 곤란하기 때문에 메뉴에 넣을 수 없는 것도 있습니다. 바페이탕을 예를 들면 비늘 어름치 내장으로 만들어야하는 요리지요. 어름치는 작아서 허파도 누에콩 꽃잎 크기만 한데, 어디 가서 그렇게 많은 어름치를 구한단 말입니까? 기실 그 허파도 맛은 없지만 중요한 것은 약한 불로 육수를 끓일 때 보조 재료를 넣고 또 화학조미료를 듬뿍 넣어야 합니다. 그래서 바페이탕이 유명해졌지요. 국민당 원로 위유런[96]이 무두의 스자판뎬에서 한번 맛보고 시 한수를 적었는데, 이것은 시의 한 구절입니다.

老桂開花天下香. 고목 계수나무가 꽃 피니 천지가 향기롭고,
看花走遍太湖旁. 꽃을 감상하며 태호 강가를 노닌다.
歸舟木瀆猶堪記, 무두에 돌아오는 배는 오히려 기억하리라
多謝石家鮭肺湯. 스자의 바페이탕에 감사할 따름.

이때부터 스자판뎬은 유명해지기 시작했고 바페이탕이 명성을 얻게 되었습니다. 어떤 유명 요리는 조금 괴이하기도 하고 과장된 이름도 있습니다."

나는 의자 등받이에 기대어 깊숙이 한숨을 쉬었다.

"여러분들은 결점이 많습니다. 활어를 왜 전날 밤에 잡아 냉장고에 보관하죠? 왜 채소는 태양 아래 쌓아둡니까? 술을 제외한 식당 안의 나머지 물품은 신선도 유지에 주의해야 합니다. 예전에 훠차오지딩[97]이란 요리는 닭을 잡는 일부터 요리를 내는데 시간이 3분밖에 소요되지 않아 접시 위의 닭고기는 마치 살아 움직이고 있는 듯 보였지요."

바오쿤녠이 손을 들고 발언했다.

"양 사부, 말씀해보십시오. 빠른 것에 무슨 비법이 있습니까?"

"물론 비법은 없습니다. 단지 중요한 것은 수족을 빨리 놀려 사

전에 준비를 잘 해놓아야 합니다. 닭 피가 다 마르기 전 재빨리 끓는 물에 담가 닭의 털을 뽑고 닭 가슴살을 두 도막내어 솥에 넣으면 아무 문제가 없습니다. 이것은…… 중요한 것은 하나의 연출이기도 하고 요리사의 명성을 높이기 위한 것이기도 하지요.”

양중바오는 우리들을 위해 두 시간이 넘게 강의했고 주방으로 가서 실제로 연출해보였다. 노인은 대단히 심취해 쉬려고도 하지 않았다. 집으로 돌아간 뒤 고질병이 도져 열흘을 넘게 앓아누웠다.

나는 원래 양중바오에게 기술 지도를 맡기고 그의 원래 임금에 강의 수당까지 보태서 지급하고자 했다. 그러나 감히 다시는 그를 귀찮게 할 수 없어 노년을 편안히 쉬게 했다. 젊은이들의 학습 열정은 대단해서 쉬려고도 하지 않고 방금 맛본 맛에 대해 토론했다. 어떻게 멈출 수가 있겠는가! 맞는 말이다. 과거에 나는 인재를 중시하지 않았고 더욱이 양성하는 문제는 생각지도 못했다. 지금도 후회하긴 아직 늦지 않아 한층 더 노력해야 한다. 이리저리 궁리 끝에 한 가지 방법이 떠올랐다. 구인 광고를 내자! 누구든 요리의 명수라면 추천하면 된다. 재직 중이든 퇴직했든 상관없이 한 번의 강의료가 8위안이고 늙고 약한 사람이라면 택시를 불러 마중하면 될 것이다.

그러나 이 계획은 갑자기 틀어지고 말았다. 구인 광고는 주쯔예를 내 곁으로 다시 끌어들이는 결과를 낳고 말았다.

경험을 전수하는 손님

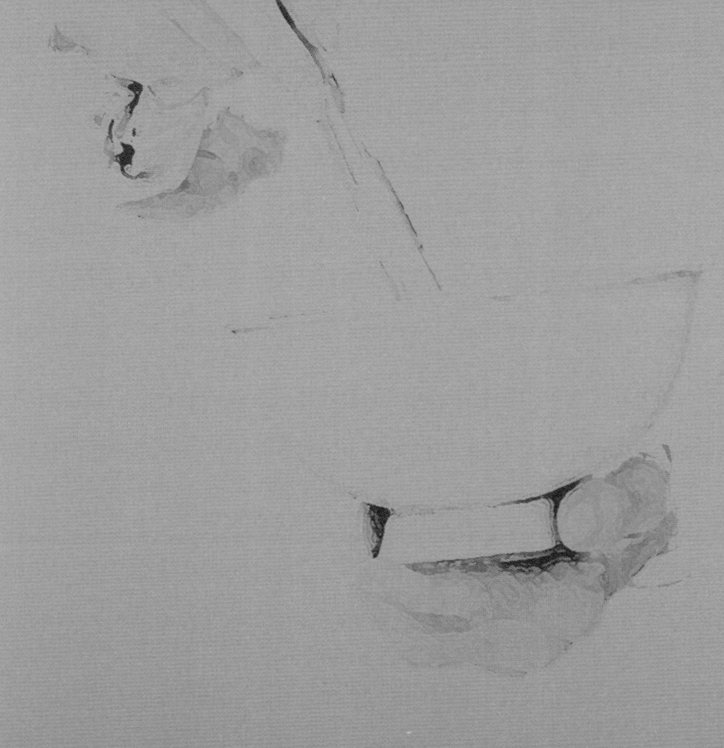

누가 먼저 주쯔예를 생각해냈는지 모르지만, 소문을 내자마자 사람들은 주쯔예를 청해 강의를 듣길 원했다. 나는 무척 놀랐다. 원래 먹기 좋아하는 것이 이렇게 큰 인기를 끌게 될 줄이야.

그렇다. 주쯔예를 초빙해 강의를 들으려는 이유도 충분했다. 그는 1938년부터 쑤저우의 음식점에서 시작하여 상하이에서의 '츠링'[98]을 계산하지 않아도 부단히 대약진운동 전까지 먹어댔다. 3년간의 곤궁한 생활 중에는 잠시 중단되었지만 여태까지 이론상의 연구토론을 멈추지 않았다. 떠도는 말에 의하면 곤란한 조건 속에서도 요리책 한 권을 완성했다고 한다. '문화대혁명' 기간에 그는 모두 자백했지만 오직 친필 원고만은 비닐종이에 고이 싸서 가산 아래에 묻어 두었다. 이러한 행위 자체는 과학자, 이론가, 문학가의 반열에 오른 것이라 간주할 수 있는데, 도대체 어떤 것을 썼는지는 말하지 않았다. 바오쿤녠이 옳은 말을 했다.

"그가 일생동안 먹은 유명 요리를 말해주기만 해도 우리의 시야를 크게 넓힐 수 있습니다."

나는 동의했다. 다시는 개인적인 호오好惡를 업무 속으로 가져올 수 없다. 하물며 내가 주쯔예를 못 본지 만 10년이 지났고 10년 동안의 고생스러운 학업 생활에서 일인자로 등극했는데, 어찌 주쯔예를 어떻다고 단정 지을 수 있겠는가? 그러나 나는 직접 찾아가서 가르침을 청할 생각이 없어 바오쿤녠에게 택시 한 대를 불러 가게 했다. 주쯔예는 올해 68세이니 내가 말한 승차 조건에 부합했다. 바오쿤녠은 이 기회를 빌미로 주쯔예와 쿵비샤에게 과거의 일은 잠시 어리석어서 저지른 일이라고 깊이 사죄했다. 내 생각도 그랬다. 반성은 그가 하는 것이 적절했다. 누가 빚을 지고 누가 빚을 갚든 나 혼자 도맡아서 할 수는 없다.

주쯔예가 강의하던 날, 나는 회의를 주관했다. 나는 이미 그의 흘경吃經에 대해 들은 적이 있었다. 특히 난과중은 매우 인상적이어서 그가 몇 년 사이에 어떤 발전이 있었는지 알고 싶었다.

주쯔예는 달변가는 아니어서 강단에만 올라가면 말을 더듬고 다급해져 부들부들 떨었다. 그러나 먹는 이야기를 시작할 때는 완전히 달라졌다. 끊임없이 말했고, 말하는 방식도 참신했다. 그는 무대에 오르자 청중을 향해 문제를 냈다.

"동지들, 누가 대답해 보겠습니까? 요리를 만드는데 있어 가장 어려운 점은?"

회의장은 활기를 띠었고 사람들은 수수께끼를 풀기 시작했다.

"재료 고르기."

"칼 솜씨."

"불의 세기와 시간."

주쯔예는 일일이 고개를 저었다.

"틀렸습니다. 전부 다 틀렸습니다. 가장 간단하고도 복잡한 문제는 소금을 넣는 일입니다."

사람들은 흥미진진해져 주쯔예가 어린 여자아이조차 할 줄 아는 일로 이야기를 시작할 줄은 아무도 예측하지 못했다. 할머니가 요리를 할 때, 늘 우물가에서 쌀을 일면서 손녀를 불러 말했다.

"아마오, 할미 대신 솥 안에 소금 좀 넣어라."

세상에서 가장 복잡하고 간단한 일에도 모두 위대한 학문이 있는 법이다. 하물며 우리의 주방장들은 연신 고개만 끄덕이며 그의 연설이 핵심을 찌르고 있다는 생각이 들었다.

주쯔예는 더욱 더 발휘했다.

"동쪽 요리는 시고, 서쪽은 맵고, 남쪽은 달고, 북쪽은 짭니다. 사람들은 쑤저우 요리가 달다고 알고 있지만 실제로는 엄청난 오해입니다. 쑤저우의 단 요리를 제외하고 가장 중시해야 할 것은 소금을 넣는 일입니다. 소금은 모든 맛을 좌우합니다. 만약 바오페이탕 속에 소금 넣는 것을 잊어버린다면 싱겁고 무미할 것입니다. 소금을 넣어야 바페이가 신선해지고, 햄에서는 향기가 나며, 순채는 반들반들해지고, 죽순은 바삭바삭해집니다. 소금은 음식의 모든 맛을 낸 뒤 자신은 녹아버리는데, 간이 알맞은 요리 속에 소금 맛을 찾아낼 수 있는 사람은 없습니다. 다만 소금이 많이 들어갔을 때는 짠맛이 납니다. 칼을 다루는 솜씨나 재료를 고르는 일, 불의 세기와 시간을 조절하는 일 등은 쓸데없는 짓입니다."

나는 그의 말을 듣고 내심 놀랐는데, 확실히 일리 있는 말이었다. 주쯔예의 이치에 맞는 말은 앞으로 더욱 발전할 가능성이 있다.

"소금을 넣는 양도 사람 따라, 세월 따라 변하는 겁니다. 연회를 준비할 때 맨 처음 몇 개의 요리는 짠맛에 치중합니다. 싱거우면 실패하기 때문이지요. 사람들이 처음 음식을 먹기 시작할 때 싱거우면 체내에서 짠맛을 요구합니다. 이후에 나오는 요리는 차츰 싱거워져야 하지요. 만약 연회석에 사십 여 가지 요리가 나온다면 마지막 탕에는 소금을 쓰지 않습니다. 한 모금 마시고 신선하다는 탄성이 나와야 되니까요. 그렇게 많은 술과 요리를 다 섭취한 뒤 몸속의 염분이 포화점에 이르렀을 때 가장 필요한 것은 물입니다. 물속에 화학조미료를 첨가한다면 당연히 신선하겠지요!"

주쯔예는 과학과 이론 방면에서 상세하고 명백하게 논했을 뿐 아니라 흥미로운 많은 이야기를 곁들였다. 최후의 탕 요리에 소금을 넣지 않는데, 그것은 한 유명한 요리사가 실수로 발견했다고 한다. 식사는 저녁 6시에 시작되어 12시에 끝이 났다. 요리사는 탕을 끓이며 졸다가 소금 넣는 것을 잊어버렸다. 그 일을 알아차리고 소금을 넣으려고 식당으로 달려갔을 때는 사람들이 이미 탕을 다 마신 뒤였고 칭찬의 목소리가 들려왔다. 모든 요리 가운데 역시 탕이 최고야!

주쯔예는 멈추지 않고 꼬박 2시간 동안 강의했다. 사람들은 그의 학식이 깊고 넓다고 느꼈으며 마치 빙산이 드러나기라도 하듯 고개를 끄덕였다. 그는 우레와 같은 박수갈채를 받으며 강단을 내려왔다. 득의만면한 모습으로 가슴을 꼿꼿이 펴고 배를 내밀며 백발인 머리가 은빛으로 출렁이자, 모종의 장중한 기운까지 감돌았다. 바오쿤녠은 군중 속을 비집고 올라가 주쯔예의 손을 굳게 잡았다.

"주 선생님, 정말 멋진 강의였습니다. 그런데 강의 내용을 전부다 기록하지 못했습니다. 녹음기를 가지고 방문하고 싶은데, 다시 한 번 말씀해 주실 수 있겠습니까?"

"자네 뜻이 그렇다면…… 좋네, 오후 3시 이후에 오는 것이 좋겠네. 식사를 하고 잠시 낮잠을 자야 하니까."

"그럼요, 그럼요. 이후의 말씀은 즉석에서 녹음하고 다시는 번거롭게 하지 않겠습니다. 녹음을 근거로 재차 정리할 생각입니다.

"그럴 필요 없어. 제멋대로 한 이야긴데."

"천만에요. 선생님 말씀이 너무 귀중해서 남겨두지 않으면 너무 애석할 겁니다."

"좋아. 정리가 되면 내게도 보여주게."

"암요. 당연히 선생님께서 보셔야지요."

어쨌든 주쯔예는 무허가 대학에 몸담고 있는 것처럼 자못 교수의 풍모까지 풍겼다. 바오쿤녠은 일관되게 나를 비판 투쟁하는 자료를 포함한 자료 수집을 중시하였는데, 그 열정이 대단했다. 나도 주쯔예에게 격정적으로 감사를 표했고 다음 주에도 그를 초청해 계속해서 강의를 듣기로 했다.

주쯔예는 우리들을 위해 계속해서 3과까지 강의했고, 바오쿤녠은 확성기를 빌려왔으며 강의 내용을 전부 녹음했다. 애석한 일은 그가 2과까지 강의를 나갔는데도 왜 소금을 넣는 방법에 대해서는 언급하지 않는 건지 모두들 안달이 났다는 것이다. 요리사들은 나 같은 문외한이 아니어서 소금의 중요성을 알고 있다. 그들은 소금을 넣는데 있어서 어떤 절대적인 비법이 있는지 더욱더 알고 싶어 했다. 주쯔예는 양중바오와는 달리, 무대 위에서만 강의할 뿐, 주방으로 가서 시연하려 들지 않았다. 3과는 고사로부터 이야기를 시작했다. 어느 해 몇 명의 친구들과 스후[99]에 놀러가 배에서 요리를 먹었는데 어찌나 정교했다든지, 어느 해 중양절에는 게를 먹었는데, 게살을 발라먹는 도구만 해도 64가지가 있으며 모두 은으로 만든 것이었다는 이야기였다. 게다가 그의 이야기는 모두 일관된 관점밖에 없었다. 지금의 요리는 과거의 요리와 비교할 수조차 없으며, 그는 이전에 황제들이 먹을거리에 대해 잘 몰랐다고 말했다. 그런데 지금은 다시 청대는 어떠어떠하다고 말했다. 그가 지금이 옛날만 못하다고 떠벌린 것은 아니지만 약간의 회의를 품게 되었다. 음식을 문화재와 비교할 수는 없지만 문화재는 오래 지날수록 값어치가 나간다. 만약 산속의 동굴에서 원시사회의 벽화가 발견된다면 그것은 굉장한 일이다. 그러나 그 동굴에서 구운 들소도 가장 맛있다고 간주할 수 있는 일이 아닌가? 하품을 하는 요리사들고 잇었고, 그의 허풍을 듣기 싫어서 차라리 집에 가서 잠이나 자야겠다고 하는 이도 있었다. 4과의 강의는 전혀 제 맛이 나지 않았다. 어느 나이찬 처녀가 샤오취[100]를 부르고 백란화를 팔고 축하 모임에 불려갔던 일 등의 이야기를 요리와 뒤섞어 강의했다.

나는 잠시 중지시키려 했으나, 바오쿤녠이 이의를 제기하여 이런 소중한 자료를 신속하게 수집하지 못한다면 역사적인 책임을 져야 한다고 말했다.

나는 역사적 책임이란 말에 두려워 마음을 정하지 못했다. 말하기 거북하지만 주쯔예가 그럴싸한 이야기를 못하거나 이미 말을 했는데도 우리가 이해하지 못했다면, 정말로 책임을 져야할지도 모른다. 이런 난제가 나를 곤경에 빠뜨리게 할 수는 없었다. 다행히도 이러한 난제들이 나를 넘어뜨릴 수 없을만큼 나도 제법 수완을 배웠다. 어떤 일이 일어날 정확한 시간까지 단언할 수는 없기에 가만히 있지 않고 서두른다면 빌미를 남겨줄 것이었다. 일이 되어가는 상황을 봐서 그때 가서 말하면 옳은 대처가 되겠지.

"이렇게 하지. 사람들이 강의를 계속 듣고 싶어 하지 않는 것 같으니 주쯔예의 보고를 잠시 중단시키게. 자료를 수집하는 일은 물론 중단하면 안 되지만, 여하튼 자네가 이미 시작한 일이니 끝까지 책임을 지게. 약속한 조건은 제공해 주겠네."

바오쿤녠은 기뻐 날뛰었다.

"확성기 네 대를 사주세요."

"집단 구매에 해당하는 것이라 살 수 없네. 상부의 허가를 받아야 해. 녹음테이프는 사 주겠네. 선전비용 명목으로 청구해서 환불 받으면 되니까. 전부 다 TDK[101] 것으로 사지 말고 국산으로 사야 되네."

바오쿤녠은 만족스러웠다.

"가오 사장님, 신임해주셔서 감사합니다. 반드시 임무를 완수하겠습니다."

강의는 그렇게 끝이 났다. 주쯔예는 전후 합하여 3회의 강의료 3×8=24위안에 택시비가 추가로 지불되었다. 그러나 사건은 아직 끝나지 않았는데, 녹음테이프가 끊이지 않고 외부로 유출되면서 또 다른 일이 발생했다.

바오쿤녠은 매주 두 통의 테이프 값을 청구하여 환불받았는데 모두 TDK였다.

나는 영수증을 결재하며 물었다.

"언제쯤 자네 임무가 끝나는가?"

바오쿤녠은 으스대며 말했다.

"아이고, 사장님. 현재의 일이 더 커졌습니다. 도처에서 주쯔예 선생님을 청해 강연을 요청하고 있고, 모두 저를 찾아 연락하는데 언제 끝나게 될지 알 수 없습니다. 사실은 끝맺고 싶지 않습니다. 요리학회를 설립하면 정식 명의를 가지고 대외적으로 연락할 수 있습니다. 주 선생님은 회장직을, 제가 부회장을 맡고 사장님도 발기인 중에 한 분이지요. 일이 바쁜 것을 고려해 이사장으로 이름을 걸겠습니다."

"아!"

내 머리에서 '윙윙' 소리가 나면서 순식간에 조건 반사가 일어났다. 바오쿤녠이 '문화대혁명' 때처럼 전투 부대를 결성하려고 하기 때문이다.

"됐네, 나는 참가하지 않겠네. 요리학에 대해서 문외한이라."

"상관없습니다, 찬조 표시만 하면 됩니다."

"아닐세, 찬조할 수 없네. 그렇게 많은 선전비용도 없거니와 장야오얼에게 식사를 대접했을 당시에 쓴 돈도 테이프 한 개 값을 넘지 않았네."

바오쿤녠은 웃었다.

"사장님, 사장님도 참······ 찬조는 돈을 요구하는 것과 다릅니다. 돈 구하는 일은 우리에게 다 방법이 있습니다. 강의록만 인쇄하면 되는 일입니다. 노점상에서 파는 『봉인대전』도 한 권에 1위안 남짓인데, 원가는 그깟 몇 마오 밖에 더 하겠습니까? 입는 것이야 원해서 입게 되지만 먹지 않고는 살 수 없지요. 강연할 때를 이용해서 작업한다면 개인의 사재를 털 필요도 없으니 선전비가 저절로 생기는 것 아니겠습니까?"

나는 바오쿤녠이 눈을 똑바로 치켜뜨는 모습을 보고 감탄했다. 그는 사실 나보다 장사를 잘했다. 나는 단지 사람들의 호주머니에서 돈을 끄집어내는 것만 생각했지 국가나 공공단체의 선전비를 빼낼 생각은 꿈에도 못했다. 그것은 사람들의 돈주머니를 푸는 것보다 훨씬 수월하다는 예측이 가능하다. 나는 저들의 일에 반대할 권리가 없으므로 하는 수없이 충고하는 식으로 이의를 제기했다.

"강의도 날조할 수 없는 것이고, 처녀가 샤오취를 부르는 등의 내용도 넣을 수 없네."

"아닙니다. 강의는 제가 집필합니다. 이것은 소설과는 달리 모든 이야기가 학술이며 남녀 관계를 연루시키는 일이 아닙니다."

나는 웃으며 영수증에 서명했다.

"가지고 가게. 다음번엔 국산으로 사게나."

바오쿤녠은 영수증을 손에 들고 거들먹거렸다.

“안심하십시오. 다음번에는 사장님 결재를 받을 필요가 없을 겁니다. 우리가 확성기도 사고 계산기도 살 겁니다!”

사실을 말하면 나는 바오쿤녠의 말을 곧이곧대로 믿지 않았고 단지 저들만의 허황된 생각일 뿐이라고 치부했다. 학회를 설립한다니 말하기는 쉽지 않은가! 바오쿤녠의 변변찮은 요리솜씨에 주쯔예의 소금 강의를 더한다고 해서 학술이 완성되는 것은 아니다. 바오쿤녠은 기뻐하며 서둘러 몸을 돌렸다.

나는 너무 단순하게 생각했다. 분수에 넘치는 바오쿤녠의 활동 능력을 과소평가한 것이다. 맞다. 바오쿤녠의 요리 솜씨가 전문가의 경지에 이른 것은 아니지만, 형세를 파악하고 사람과 사람 사이의 관계를 운용하는 방면에서는 오히려 노련했다. 식당은 공공장소라 별의별 사람이 다 있다. 유명한 식당에는 물론 명사들이 앞다투어 찾아올 것이고, 자발적으로 열정을 가지고 친절하게 보살피고 음식 주문과 좌석 예약을 돕는다면 그 관계는 더욱 향상될 것이다. 노인들은 젊은이에게 말참견을 할 수 없다. 젊은이를 통해 노인에게 영향을 준다는 것을 아는 바오쿤녠은 이 점을 감안하여 학문이나 예술에 대한 수준을 높이고 기회를 포착하여 가정 연회를 주관했다. 자식들의 혼사, 옛 친구들의 모임에는 연회를 열 수 있는 자리가 필요했는데, 얼마를 쓰던 상관없지만 늘 아쉬운 점은 기술과 노동력 결핍이었다. 바오쿤녠은 요리솜씨가 좋은 편은 아니었지만 정력이 가득차고 넘쳤기에 기술이 좋은 노련한 사부의 마음을 움직일 수 있다. 숙련된 요리사가 요리를 만들고, 주쯔예는 허풍을 잘 떨고, 바오쿤넨은 잘 뛰어다니고, 술좌석의 가격도 싸고 음식도 좋으니 누구나 만족해했다. 손님들이 먹고 마시고 기뻐하는 틈을 이용해 그들은 요리학회의 취지를 선전하고 찬조를 부탁했다. 그들이 만약 영양학회를 건립한다고 했더라면, 찬조하는 사람이 많지는 않을 것이다. 영양학이 병을 예방하고 장수하게 할 수는 있지만 요리학에 비해 난해하고 실용성이 떨어지기 때문이다. 요리학에서는 만져볼 수 있고 푸짐한 요리를 눈으로 볼 수 있다. '학회'라는 두 글자는 흡인력을 가지고 있어서 반동학회의 권위가 타도된 지금은 어떠한 학술도 무학무능한 것 보다 낫다는 점을 누구나 알고 있었다. 학술을 찬조하면 착오를 범할 수 없을 것이고, 과오가 있는 학술 문제도 토론할 수 있어 토론을 거듭하면 할수록 평판이 높아질 것이다.

주쯔예의 명성도 나날이 높아졌다. 한 전문가가 10년 동란 기간에 책을 한 권 집필했는데 아무개 사장이 그 책을 보고 탄복하여 2백 위안을 주며 그에게 고문을 맡기려고 자가용을 타고 맞으러 갔으나, 그는 가지 않았다.

바오쿤넨이 외부 활동을 한다는 풍문과 주쯔예의 나날이 높아지는 명성이 윙윙거리며 내 귓속을 어지럽혔다.

"일이 진행되는 형편을 지켜봐서 이의를 제기합시다."

때가 되었지만 나는 할 말이 없었다. 나는 주쯔예의 강의가 허풍이니 들으러 가지 말라고 할 수 없었고, 소금에 관한 첫 번째 강의는 그럭저럭 들을만하다고 이야기할 수도 없었다. 주쯔예의 내력을 폭로할 수 없었으며 그가 먹기만 좋아하는데 전혀 회개하려 하지 않았다고 말할 수도 없다. ……중간에 한 사람이 자신의 학식을 드러내고자, 이 일은 평생을 변치 않고 끝까지 견지해야 한다고 말했다. 그래서 바오쿤녠에 대해 무슨 말을 하기가 난감했다. 그가 지하에 식당을 열었고 다시는 영수증에 서명을 받으러 오지 않았다고 말할 수도 없다. 아, 일체의 실용주의적 작업 방식은 스스로 돌을 날라다 제 발을 찍는 격인데, 어떤 이는 함부로 답습하고 깨부수고, 어떤 이는 답습하고 부수는데 몇 십 년의 시간이 걸렸다.

타고난 먹을 복

오래지 않아 나의 옛 친구 아얼이 식당으로 나를 찾아왔다. 우리 두 사람은 한 골목에 살지는 않지만 양가 가족들은 왕래가 빈번했다. 당시 내가 새로운 건물로 이사 했을 때 일가족이 모두 와서 축하해주었고 아얼의 아버님도 손자들의 부축을 받으며 2층으로 올라오셨다. 아얼의 아버님이 우리 어머니에게 말했다.

"할멈, 축하해요. 평생을 살아오면서 오늘날까지 집 걱정이 끊이지 않았는데, 이제는 집주인에게 쫓겨날 걱정은 없지 않소!"

어머니는 늙고 쇠약해서 대답도 못하고 눈물만 훔쳐냈다. 아얼은 우리 집에 더 자주 와서 지난 이야기를 나누며 앉았다 가곤 했다. 어떤 때는 중복되는 이야기도 했고, 말없이 마주 앉아 담배를 피우며 차를 마시기도 했다. 이것도 일종의 향수인 듯 했다. 그가 가게로 직접 찾아온 것은 이번이 처음이었다.

아얼은 날 보자마자 손을 들었다.

"용무가 있어서 왔네. 부탁 좀 들어주게."

"무슨 일인가?"

"우리 집 장남이 이번 일요일에 결혼하네. 자네 식당 연회석 두 테이블을 예약하고 싶은데 3주 뒤에나 자리가 난다고 하네. 자네가 사장이니 도와줄 수 있겠지?"

나는 난처했다.

"아이고, 하필이면 일이 이렇게 꼬이다니. 식당에서 연회를 여는 것은 겉치레를 부추기는 일이 아닌가. 호의는 받고 일은 줄이라고 했네. 자네도 인정만을 받아들이게. 나도 응당 몇 십 위안 보내주겠네."

"그만 두게. 큰 손님을 치를 준비가 되어있지 않아. 너희 집, 우리 집, 일가친척, 아이들까지 합하면 20명도 안 되잖아."

"그렇다면 좋아. 너의 집에 연회석 두 테이블을 차릴 수 없다면, 집 마당엔 차릴 수 있겠지? 식당으로 한번 가보게. 난장판이잖아. 유쾌하게 몇 마디 나누고 싶어도 시끄러워서 들리지도 않아. 퇴근 시간이 가까워오면 종업원들이 빗자루를 들고 옆에 서있는데, 한가롭게 음식을 먹을 수 있겠는가?"

"쯧쯧, 참외가 달지 않다고 말하면서 파는 참외 장수가 어디 있나."

"참외는 오히려 단맛이지, 허풍이 아니야. 요즘 몇몇 요리는 괜찮은 편이라서 이를 칭찬하는 편지를 수두룩하게 받았네. 그래도 나는 집안 잔치가 낫다는 생각이 들어. 또 하나 해결하기 어려운 문제는 음식점 규칙상, 본점에서 일하는 종업원은 예외 없이 본점에서 아는 사람과 동석할 수 없도록 되어 있네. 손님들이 오해할 소지가 있기 때문이지. 자네가 나를 불러도 옆에서 구경만 해야 한단 말일세."

"허, 그럼 안 되겠군. 이번 참에 자네에게 술을 대접하고 싶은데. 그 당시 자네가 실업 등록을 하라고 설득하지 않았다면, 지금 형편이 무척 어려웠을 거야."

"좋아, 집에서 치르게. 내 솜씨 좋은 훌륭한 요리사를 보내 돕도록 하지."

아얼은 웃었다.

"그럴 필요 없네. 우리 집에는 일손도 많고 모두 능숙한 솜씨를 가졌으니까. 세상이 좋게 변해서 각자 한두 가지 만들 수 있는 요리가 있지."

"잘됐네. 한 사람이 요리 한 가지씩 만들고 내가 마지막에 탕을 만들면 되겠군."

아얼은 두 손을 맞잡아 가슴으로 올리고 읍했다.

"됐네. 이미 자네가 탕 만드는 법을 가르쳐주지 않았나. 일요일 저녁에 일찍 오게. 기다리겠네."

나는 매우 흐뭇했고 연회가 정말 기다려졌다. 내가 그의 집에 해를 끼친 적이 있는데, 아얼의 아버지에게 파와 생강을 파는 노점상을 차리게 하는 결과를 낳았다. 그날 그 마당에서 아얼이 나에게 호박을 따라고 한 적이 있었지. 테이블에 차려질 술상을 생각하니 생각만으로도 달콤하다!

바야흐로 내가 흥에 겨워하고 있을 때 바오쿤녠이 껑충거리며 들어왔다. 보아하니 그도 흥에 겨운 듯했다. 나도 즐겁고 그도 즐거우니, 세상이 다 평온한 느낌이 든다.

바오쿤녠이 큰 소리로 불렀다.

"사장님, 여기요."

금박으로 인쇄된 진홍색 초청장을 내 손에 쥐어 주었다. 나는 초청장을 펼쳐보았다.

요리학회의 설립을 경축하기 위해 28일(일요일) 정오에 ××항촉 54호를 빌려 각계의 인사들을 초청해 간단한 연회를 거행하오니, 꼭 왕림해 주시기 바랍니다.

좋다. 또 한 차례 연회 자리가 생겼다. 나는 이번 연회석에 재빨리 반응하며 별생각 없이 말을 꺼냈다.

"미안하네. 일요일에 사람들과 결혼 축하주를 마실 약속이 있네."

초청장을 테이블 위에 던지며 말했다.

바오쿤녠은 머리를 긁적였다.

"그때가 언제입니까?"

"저녁 6시."

나는 또 아무 생각 없이 말해버렸다.

"잘됐습니다. 우리는 정오 12시니까 겹치지 않는군요."

나는 초청장을 다시 들고 살펴보니 과연 맞았다. 정오라는 두 글자가 선명하게 인쇄되어 있다. 나는 어쩔 수 없이 입장을 이야기했다.

"안 돼. 너희들 학회에 참가하지 않겠네. 어느 한 분야의 유명 인사도 아닌데 참석하면 부적절하지."

"사장님, 사장님께서 이사장직을 고사하셨기 때문에 우리 일이 순조롭게 진행된 것입니다. 이사장 자리를 공석으로 놔둬야 큰 문제가 해결됩니다. 그렇지 않으면 일이 엉망으로 틀어져 오늘날까지도 학회를 설립하지 못했을 겁니다."

"아!"

알고 보니 그랬다. 참가하는 것도 찬조이고, 참가하지 않는 것은 더 큰 찬조였다. 사물의 인과 관계는 사실 참으로 미묘했다.

"갑시다, 사장님. 아무개도 모두 가는데 사장님이 안가시면 말이 안 됩니다. 큰 회의가 아니라서 발언할 필요도 없고 편하게 맛있는 음식 한 끼만 먹고 오면 되는데 안가면 섭섭하지요."

"나는 음식 밝히는 사람이 아니야."

"그러시면 조금만 드세요. 견문을 넓히는 것도 사장님의 입장에선 일종의 업무 학습이지요. 솔직하게 말씀드리면 이 연회석은 좀처럼 만나기 힘든 자립니다. 주쯔예가 지휘하고 쿵비샤가 착수하여 우리 몇 사람이 4일을 허둥거렸습니다. 자리는 꽉 찼는데 모든 이사들이 서로 참가하겠다고 해서 불만이 많았습니다. 방법이 없자 쿵비샤가 8명을 초과해서는 안 된다는 규칙을 정했습니다. 여러 번의 상의 끝에 원탁으로 바꿔 사장님을 포함한 10명으로 늘렸습니다.”

바오쿤녠의 말은 나를 동요시켰다. 당시에 양중바오가 쿵비샤의 집에서 식사를 하고나서 하늘로 올라가는 것처럼 황홀했다고 말한 적이 있었지만, 요컨대 어떤 요리를 먹었는지는 아직 모른다. 모처럼 기회가 왔는데도 견문을 넓히러 가지 않는다면 평생 유감으로 남을 것이다. 더구나 내가 참가하든 말든 찬조하는 것으로 간주하고 있으니, 만약 빈자리가 생기면 어떤 결과를 초래할지 모를 일이다.

“좋아, 가지.”

“두말없이 결정한 겁니다. 마중오지 않겠습니다. 54호는 사장님께 익숙한 곳이니까요.”

“너무나도 잘 아는 장소라 눈 감고도 찾을 수 있네.”

54호는 내가 너무나 잘 아는 곳이다. 중등학교 시절 매일 그곳을 지나 등하교를 했는데 입구에는 언제나 반들반들 광이 나는 인력거들이 대문 앞에 서있었다. 이따금 포드 세단 승용차가 달려오면 골목을 지나가던 행인들은 재빠르게 담벼락으로 붙었다. 옻나무 칠을 한 대문은 온종일 굳게 닫혀 있었다. 문 위에는 갈라진 틈이 있었고 눈구멍 하나가 뚫려 있었다. 틈 안으로 우편물을 던질 수 있게 했고, 눈구멍엔 유리를 장착했다. 전하는 말로는 안에서는 밖을 환히 볼 수 있지만, 밖에서는 안이 전혀 보이지 않아서 거지가 문을 두드려도 열어주지 않는다고 한다. 그때는 집집마다 동냥하는 사람이 많아서 웬만한 사람들은 이런 물건을 설치했다. 나는 여태껏 대문 안을 한 번도 보지 못했고 높게 집을 둘러싼 담 위를 온통 뒤덮은 담쟁이덩굴만 볼 수 있었는데, 가을이 되면 물푸레나무 향기가 풍겼다. 오늘은 차조기 향기가 풍겨왔다. 나는 어린 소년에서 '각계 인사'로 변하여 54호 문 앞에 왔다.

두 짝의 알록달록한 옻나무 대문은 활짝 열려있고 젊고 아리따운 여인이 문안에 서 있었다. 그녀는 세련된 차림새였다. 가죽 하이힐에 일자바지, 두 줄의 새하얀 나비로 테를 두른 은회색의 블라우스, 허리에는 셔츠를 감았다. 그녀는 미소 지으며 나를 맞이했다. 나는 초대장을 받으려는 것으로 착각하고 재빨리 초청장을 꺼내 그녀에게 보여주었다. 그녀는 입을 가리고 허리 숙여 절하고는 왼손으로 앞을 가리켰다.

"들어오세요."

곧이어 큰 소리로 외쳤다.

"엄마, 가오 사장님 오셨어요!"

아…… 맞다. 그녀가 바로 쿵비샤의 딸로 정객이자 교수직을 맡았던 폴리페서의 딸이다. 내 딸에게도 아이가 있는 마당에 소녀가 이렇게 성장한 것은 당연지사다. 다시 고개를 돌려 그녀를 살펴보니, 쿵비샤와 꼭 닮았다. 젊은 시절의 쿵비샤는 풍류스러웠다.

쿵비샤는 자갈이 깔린 꽃길을 걸어왔다. 내가 머리를 들어보니 그녀는 전혀 딴사람 같았다. 자신의 본얼굴은 딸에게 고스란히 물려주고 중년의 귀부인이 되어 있었다. 지금 그녀를 저질이라고 부르는 사람은 아무도 없다. 풍만하고 윤택하게 살이 쪄서 거민위원회 문 앞에 서서 사죄할 때보다 훨씬 젊어보였다. 그녀의 머리는 위를 향해 반대로 땋아 정수리 위에 높이 솟아 있었다. 높게 올린 머리는 수평으로 퍼진 몸을 중화시키며 사람들로 하여금 이전보다 왜소해 보이게 하는 착각을 일으키게 했다. 화려하게 차려입지는 않았지만 그녀는 치장의 참뜻을 알고 있었다. 젊고 아름다운 여인은 어떤 옷을 입어도 보기가 좋으며 화장이 짙든 옅든 상관없이 잘 어울린다. 연로한 사람이 치장을 할 때는 모종의 풍격과 기품만 갖추면 된다. 때문에 쿵비샤는 수수하게 입었는데, 그녀의 평범한 남색 양장 외투는 가공 기술이 정교하고 품질이 고상하여 그녀의 연령과 체형에 잘 어울렸다.

쿵비샤는 나를 친절하게 맞이했다. 그녀 같이 세심한 사람은 소소한 일도 잊어버리지 않는 법이다.

"가오 사장님, 안 오실까봐 어찌나 걱정을 했는지. 아, 당신도 늙었군요. 손자를 보셨지요?"

"아닙니다. 막 외조부가 됐습니다."

"그래요. 같은 말이지요. 어서 들어오십시오. 오셨으니 연회를 시
작하겠습니다."

쿵비샤를 따라 앞으로 걸어가니 그윽하고 운치 있게 꾸며진 정원
이 눈앞에 펼쳐졌다. 90평 정도 되는 연못은 수목화초, 대나무와 돌
이 삼면을 둘러싸고 있었고 석교가 연못을 가로 질러 세 칸짜리 수
헌水軒으로 통했다. 그 당시 이곳은 폴리페서의 서재로, 밝고 넓었으
며 커다란 창문이 연못을 향해 일렬로 배치되어 있었다. 모든 창문
이 활짝 열려있어서 동쪽 끝에 놓인 커다란 원탁과 서쪽에 앉아 있
는 각계의 인사들이 선명하게 보였다.

바오쿤녠이 석교 위를 걸어와 각계 인사들에게 일일이 나를 소개
시켰다. 그 중에 두 사람은 주쯔예의 오랜 식사 친구로, 당시에 나
는 그들 대신 간단한 간식거리를 사다준 적이 있었다. 또 한 사람은
나의 지도자로, 내가 젊었을 때 그의 보고를 들은 적이 있다. 이 세
사람을 제외하고는 모두 초면이었는데 한 사람은 과묵했고 두 사람
은 이야기꽃을 피우느라 정신이 없었다. 두 사람의 말투에서 모리
배 기질이 느껴졌다.

주쯔예는 낡은 양복을 입고 낡은 넥타이를 단정하게 맸는데, 이
넥타이는 양복과 셔츠에 꼭 끼었다. 이 의상은 어느 궤짝 모퉁이를

뒤져서 나온 건지 모르지만, 심한 나프탈렌 냄새를 풍겼다. 그러나 주쯔예의 의상은 결코 우스꽝스럽게 보이지 않았고, 오히려 엄숙하고 경이감마저 들었다. 익숙한 이 옷차림을 어디서 봤더라? 맞다. 내가 고등학교를 다니던 시절에 선생님들은 두 가지 스타일로 옷을 입었다. 남색의 장포 스타일과 양복에 가죽구두를 신는 스타일이다. 국어 선생님은 장포를 걸쳤고 물리 선생님은 양복을 입었다. 요리학은 과학기술의 범주에 속하는데 남색 장포 스타일을 입으면 케케묵은 복색처럼 보이고, 제복을 입으면 특색이 없어 보이고, 참신한 양복을 입으면 경박하게 보인다. 하물며 낡은 양복이야 더 말할 나위 있으랴! 마치 초라하고 늙은 과학자가 막 주목받기 시작한 것처럼 보였다. 이 차림새는 쿵비샤의 작품이 틀림없었다. 주쯔예는 일관되게 아무렇게나 걸치는 사람이었다.

주쯔예는 다년간 양복을 입지 않아서 행동이 부자연스러웠는데, 몇 개의 의자를 아슬아슬하게 넘어와 내 손에 요리학 강의책 한 권을 쥐어주었다. 나는 강의책을 쥐고 옛 지도자 앞에 앉아 있으려니 무척이나 어색했다. 해방 초기 내가 공작대에 있을 때 지도자 동지와 일시적으로 접촉한 적이 있었다. 내 인상 속에 그는 경솔하게 지껄이거나 함부로 웃지 않는 엄격한 사람으로, 지식인에 대해서 경시하는 편이었다. 우리 '쁘띠부르주아' 패거리는 단정하고 신중한 척 가장하고 그의 면전에 앉아있었다. 나는 오늘 이런 상황을 만나니 당황스러워 어쩔 줄을 몰랐다. 가장 난처한 일은 마땅히 할 말을 찾지 못한 것인데 마지못해 손에 든 강의책만 천천히 뒤적거렸다.

"샤오가오."

"예."

지도자는 나를 '샤오가오'라고 부른 뒤 내 나이가 이미 적지 않음을 의식하고 즉시 호칭을 바꿨다.

"라오가오, 이 책을 제대로 읽어보고 사람들에게 많이 배워야하네."

"네, 열심히 배우겠습니다."

"지금 제대로 배우려면 비전문가의 지도를 받으면 안 되네."

"옳은 말씀입니다. 과거에 이 방면에서 실수를 범한 적이 있습니다."

"실수를 안다니 됐네. 아직도 늦지 않았어."

나는 고개를 끄덕이며 강의책을 계속해서 읽어 내려갔다. 주쯔예가 구술하고 바오쿤녠이 정리한 대작은 전혀 새롭지 않았다. 흔히 볼 수 있는 몇몇 요리책을 베낀 것으로 과실과 누락이 많고 베끼다가 틀린 것인지 인쇄가 잘못되었는지 알 수 없는 글자도 많았다. 나는 고개를 들어 문제를 제기할 작정을 하고 주쯔예를 보았으나, 주쯔예는 눈길을 피하고 양손을 앞으로 저으며 마치 오리를 쫓듯 사람들을 착석시켰다.

사람들은 줄지어 나와 서로 양보하며, 예의 바르고 점잖게 지도자의 등을 떠밀며 앞으로 걸어갔다.

동쪽 끝에 다다랐을 때, 훌륭하게 잘 차려진 연회석에 놀라서 입이 쩍 벌어졌다. 새하얀 테이블보 위에 놓여있는 영롱한 식기 세트는 아름다움의 극치였다. 쪽빛으로 두르고 담청색 속에 감춰진 반투명한 꽃무늬는 물이 샐 것 같은 영롱한 광휘를 내뿜고 있었다. 테이블 위에 꽃은 없었지만 열 두 세트의 식기가 생화를 대신해 형형색색으로 오색찬란한 빛을 발했다. 펑웨이샤,[102] 난투이피엔, 마우더우칭자오, 바이잔지[103] 이들 요리는 그 자체에 색이 있는 요리들이고, 쉰칭위, 우샹뉴러우,[104] 샤쯔샹위 등의 요리는 빛깔이 좋지 않고 아름답지 않은 요리들이지만, 각색의 채소와 과일을 주위에 채워 넣어 산뜻하게 보였다. 선홍색의 산사나무도 넣었고 청 매실도 넣었다. 샤쯔샹위는 이치대로라면 연회에 올리지 않는 요리지만, 오랫동안 유명하고 진귀한 쑤저우 특산물을 못 본 사람들에게는 특색 있게 느껴졌다. 쿵비샤가 독자적으로 샤쯔샹위를 배치한 것이다. 샤쯔샹위 주위에는 새하얀 넌어우피엔을 배치했는데 근사하게 보이려는 의도도 있었고, 한편으로는 샤쯔샹위가 짠 음식이어서 넌어우피엔을 먹고 짠맛을 중화시키려는 의도도 있었다.

커다란 월계화 주위에 생화 열두 송이를 둘렀는데, 이 월계화는 코바늘로 뜬것으로 아마도 쿵비샤 딸의 솜씨일 것이다. 잠시 후 익

한 요리들을 꽃 장식 안에 놓자 커다란 원탁테이블은 마치 거대한 꽃처럼 보였다. 연꽃 같기도 하고 수련 같기도 하고, 한 송이 해바라기 같기도 했다.

얼이 빠졌다가 정신을 차린 사람들에게서 놀람의 탄성 소리가 절로 나왔다.

"오……."

"세상에."

나는 착석 전에 지적을 받았다.

"라오가오, 잘 보게나. 이것이야말로 학문이지! 자네 식당은 엉망진창이야."

나는 말없이 사방을 훑어보았다. 창밖은 나무 그림자가 늘어져있고, 수면을 비추고 있는 빛은 눈이 부셨으며, 물푸레 꽃향기가 이따금씩 풍겨오고, 정원의 참새는 짹짹거렸다. 당시 그 폴리페서가 서재에 있을 거라는 생각이 들었다…….

주쯔예가 양손을 앞으로 저으며 초대한 사람들을 착석시켰다. 동시에 넥타이를 느슨하게 풀고 즉석에서 말했다.

"여러분, 오늘 여러분이 제 지휘 하에 마시는 술과 요리는 모두 학문입니다. 마파람에 게눈 감추듯이 허겁지겁 드시지 마십시오 아직 훌륭한 요리가 많이 남아있으니 처음부터 많이 드시지 마시고 조금씩 맛만 보십시오 절대 배불리 드시면 안 됩니다."

사람들은 하하 웃으며 유쾌해했다.

"······먹을 줄만 알고 맛을 모르는 사람도 있습니다. 맛을 아는 것과 사람을 분별하는 일은 아주 힘든 것으로 다년간의 경험에서 나오는 겁니다. 잠시 후 요리를 하나하나 소개할 것이니, 삼가 꾸지 람과 지도편달을 부탁드립니다. 일어나서 술잔을 들어주십시오."

바오쿤녠이 즉시 일어나서 술 궤짝을 열고 다리가 긴 유리잔을 꺼내고 퉁화 포도주 두 병을 땄다. 주쯔예는 제지하지 않았다. 바이 주부터 마시면 안 된다는 것은 나도 아는 사실이다. 혀가 자극을 받 아 입안이 까칠하면 깊은 맛을 음미할 수 없게 되기 때문이다. 그럼 에도 불구하고 나는 바이주가 마시고 싶어졌다. 어렵고 힘든 시기 에 술을 배웠으므로 64도가 넘지 않으면 성에 차지 않았다.

바오쿤녠이 모두의 잔에 술을 가득 따르자 유리잔은 루비로 변했 다. 검붉은 빛깔에서 매혹적인 광휘를 눈부시게 발산했다. 맛있는 포도주와 야광 술잔, 야광 잔을 만든 흰 경옥硬玉의 정령은 아마도 유리일 것이다.

바오쿤녠은 부회장의 자격으로 술을 따른 뒤 몇 마디 말을 해야 했는데, 일부러 주쯔예를 돋보이게 하려고 변변찮은 말만 몇 마디 한 뒤 앞장서서 젓가락을 들어올렸다.

"동지 여러분, 듭시다. 편하게 드십시오······."

주쯔예는 체면을 구기고 싶지 않아 그럴듯하게 저지했다.

"아닙니다. 풍성한 술자리에 흥이 나지 않으면 찬 음식을 치워야
지요. 찬 음식은 변변찮은 음식이니까요. 두 가지 코스 중에 원하시
는 것을 드시고 젓가락과 술잔을 멈추지 마십시오."

말을 마치더니 고개를 창밖으로 내밀고 큰소리로 말했다.

"요리 내와!"

고함소리에 이어 모두의 눈길이 연못 남쪽으로 향했다. 자고로
군자는 주방을 멀리하라 했으니, 주방과 서재는 푸른 연못을 사이
에 두고 있었다.

영화가 개막했다. 자태가 고운 쿵비샤의 딸이 양손으로 쟁반을
받치고 대나무 사이에 보일락 말락 하더니 석교 어귀에서 어슴푸레
나타났다. 그녀의 걸음걸이는 경쾌하고 유연하고 아름다우며 다채
로웠다. 다리 위의 그녀, 연못에 비친 그림자, 손에 든 쟁반, 쟁반
속의 요리는 가벼운 바람이 스치듯 나부끼며 월궁반점에서 나온 선
녀처럼 우리들을 향해 빠르게 왔다.

빌어먹을 주쯔예가 이렇게 미묘한 장면을 연출하다니. 설령 저
쟁반 속에 워워터우[105]가 담겨있다 하더라도 우리는 워워터우를 츠
시[106] 태후가 먹었던 궁중 음식이라고 생각할 것이다.

물론 쟁반 속의 음식은 워워터우가 아니다. 사발덮개를 벗긴 뒤
에 사람들을 놀라게 한 것은 뜻밖에도 새하얀 자기 접시 안에 토마
토 열 개가 담겨있다는 사실이었다. 나는 멍했다. 쑤저우 요리의 격

식에 따르면 반드시 시작은 차오지딩[107]이나 차오위피엔,[108] 차오샤
런[109] 등의 볶음 요리어야 한다. 맨 처음 나오는 요리는 보통 차오
샤런인데 토마토로 시작하는 것은 처음 봤다. 토마토가 채소인가,
과일인가?

주쯔예는 일부러 침착하게 토마토를 한 개씩 손님들의 접시에 나
누어주고 마술을 부리듯이 외쳤다.

"시작합시다!"

토마토 뚜껑을 열었다. 토마토 속에 새우 살 볶음이 담겨 있었다.

사람들은 흥미가 극에 달해 분분히 뚜껑을 열었다.

이어서 주쯔예가 소개했다.

"일반적인 차오샤런은 여러분들이 늘 드시는 음식인데 뭐 그리
희한하겠습니까. 몇 십년동안 이 차오샤런은 재료 선택과 알맞은
불의 온도와 시간을 맞추는 기술을 제외하고는 더 이상의 발전이
없었습니다. 최근에 와서 토마토케첩으로 새우 살을 볶는 것이 생
겨났지만, 그 맛이 너무 짙어서 서양요리 맛이 납니다. 오늘 새우
살을 토마토 속에 넣은 이유는 보기 좋을 뿐 아니라 특이한 맛이
나기 때문입니다. 여러분께서 품평해주시기 바랍니다. 주의하세요,
토마토는 그릇 대용이니 그릇까지 다 먹지 마십시오."

나는 탄복할 수밖에 없었다. 일찍이 나도 몇 년 동안 손님들에게
새우 살을 볶아주었지만, 토마토 속에 새우 살을 넣는 것은 생각지

도 못했다. 가을 토마토는 비싸서 버리자니 아까웠다. 나는 정말로 그릇까지 먹을 생각이었다.

주쯔예는 이 새우 살은 조금 특별해서 신선하고 맛좋은 토마토를 곁들이면 상쾌한 향기와 신맛이 난다고 주장했다. 딩다터우의 말이 맞았다. 사람의 미각은 모두 비슷하지만, 주쯔예가 말했듯 먹을 줄 만 알고 맛을 모르는 사람과는 판이하게 다르다. 그 차이는 먹고 나 서 그 맛을 표현할 수 없다는데 있지만, 포괄적으로 종합해서 말할 수는 있다.

"아, 말로 표현할 수 없이 맛있다!"

주쯔예의 위대함은 바로 그가 그 말을 할 수 있다는 점에 있다. 비록 뒤틀어져서 허풍에 가까운 말이라 해도 허풍 역시 일종의 표 현이다. 마음껏 즐거워하고 향유하면서 허풍을 떨지 않는다면, 무엇 으로 둔하고 꽉 막힌 신경을 자극하겠는가!

'선녀'는 석교 위를 쉼 없이 왕복하며 테이블 위에 각종 뜨거운 볶음 요리를 차렸다. 도대체 얼마만큼의 요리가 나왔는지는 정확히 기억나지 않지만, 볶음 요리 세 접시가 나온 뒤 단음식이 한 차례 나왔다는 기억이 난다. 티신렌쯔경, 구이화샤오위안쯔, 어우펀지터 우미라는 단 요리가 나왔다.

주쯔예는 아직도 소개를 하고 있었지만 나의 이목을 끌지 못했 다. 그가 그은 한 획은 처음엔 근사했으나, 뒤의 구성은 오히려 일반적인 것이었다. 푸룽지피엔,[110] 쉐화지추, 쥐화위 등은 전부 우리 가게에 있는 요리였다.

사람들의 찬탄과 찬양은 멎지 않았다.

"주 선생, 당신의 학문은 어디에서 배웠습니까?"

"말하기 곤란합니다만, 이 학문은 스승에게 전수받은 것도 아니고 책에서 배운 것도 아닙니다. 전부 다년간 쌓인 경험이지요."

"주 선생, 자네는 유쾌하게 평생을 보냈고 우리는 자네 발밑에도 못 미치는 시절을 보냈네."

"아닙니다. 피차 마찬가집니다. '문화대혁명'과 암흑의 시기에는 모두 힘들게 지냈지요."

"관두지, 모두가 과거지사니까. 어서 듭시다!"

"그래, 장차 공산주의가 되면 이런 요리들을 매일 먹을 수 있을 테니까!"

이 말을 듣고 나는 뱃속이 부글거렸다. 매일 누구나 이런 요리를 먹는다면 일은 누가 하는가, 로봇이? 아마 가능은 하겠지만, 58세대의 로봇이 아직 제작되어 나오지도 않은 마당에 어떻게 날마다 먹는다는 말인가!

"라오가오."

"예……"

"자네는 왜 아무 말이 없는가, 주 선생 같은 이런 인재를 전혀 몰라봤는가?”

“압니다. 일찍부터 알고 있었습니다.”

“그러면 지도를 받았어야지. 식당을 잘 운영하려면 말이네.

“초빙…… 초빙한 적이 있죠. 그의 강의를 들은 적이 있어요.”

“그건 임시방편이고 정식 명칭은 없잖아.”

사람들이 별안간 조용해지며 눈길이 나에게 집중되었다. 나는 고심했다. 오늘 이 맛있는 음식을 앞에 놓고 무슨 거래를 한단 말인가!

“명칭…… 명칭을 붙이기가 어렵습니다.”

“일종의 전문가라고 부를 수 있겠지!”

“무슨 전문가라고 부르는 것이 적당하겠습니까?”

나는 사람들의 대답을 기다렸다. 과학자, 문학가, 공연예술가 어느 분야에도 속하지 않지 않은가!

“듭시다…….”

이야기가 끊어졌다. ‘먹는 전문가’라는 말은 욕이다.

“먹을 줄 아는…….”

먹을 줄 아는 전문가도 적당한 말이 아니다. 먹을 줄 모르는 사람도 있나?

바오쿤녠이 젓가락을 들고 말했다.

“외국에서 불리는 이름이 있지요. ‘미식가’!”

“좋습니다.”

“좋아요.”

“맞습니다.”

“미식가, 미식가!”

“자, 우리들의 미식가를 위하여 건배!”

주쯔예는 주저하면서도 목표를 달성한 후의 기쁨을 참지 못하고 낡은 양복을 풀어헤치며 잔을 들고 자리에서 일어나 좌중을 한 바퀴 돌았다. 특히 나와 술잔을 힘주어 부딪치며 건배를 청했는데 하마터면 얇은 유리잔이 깨질 뻔했다. 그렇다. 음식을 먹으며 살아온 생애가 오늘에 와서야 비로소 정점에 다다른 것이다. 한평생 고생스럽게 먹으며 살았으나, 아무도 관심을 가져준 이가 없었고 반대하는 사람도 있었다. 그 진정한 가치를 외국인이 발견했다.

나는 나의 학문이 얕고, 견문이 좁은 것을 한탄하며 바오쿤녠 손에 보기 좋게 패하고 말았다. 나는 단지 ‘인스턴트’ 음식이 들어오는 것만 알았지, ‘미식가’가 들어올 수 있다는 것에 대해선 대비하지 못했다. ‘하오 츠 구이, 찬 라오 화이’라는 말들은 이미 유행에 뒤떨어진 말이었다. 미식가! 이 듣기 좋은 명사는 우리 가게의 인스턴트 음식과 같이 크게 장삿거리가 될 수 있다. 만약에 세계 미식가 협회가 설립된다면 주쯔예가 부회장이 되어야 마땅하다. 회장을 프랑스 사람이 맡는다면, 부회장은 반드시 중국인일 것이다.

사람들은 화기애애한 분위기 속에서 열 번째 볶음 요리를 집어 들었다. 이때 쿵비샤가 들어와 볶음 요리에 대한 의견을 물었다. 사람들은 분분히 감사를 표하며 쿵비샤와 건배하고 잔을 비웠다. 나는 일어나 쿵비샤에게 술을 가득 따르고 잔을 들었다.

"주 부인, 감사합니다. 당신의 요리는 정말 정미합니다. 부인께 감사드리고 우리를 위해 한참을 고생한 따님께도 감사드려요."

나는 쿵비샤에게 눈곱만큼의 호감도 없지만 그녀가 요리의 대가라는 점을 확실히 인정했으며, 일급 요리사의 솜씨를 지녔다는 것도 인정해야 했다. 그녀가 요리학회 회장이나 부회장을 맡는 것은 당연지사다. 세상에 일어나는 여러 가지 일들은 할 줄 아는 것보다 허풍이 더 먹힐 때도 있으며, 밥을 할 줄 아는 것 보다는 먹을 줄 아는 것이 나을 때도 있는 법이다.

쿵비샤는 기뻤다.

"아닙니다. 사장님의 칭찬을 얻기란 쉽지 않지요."

그녀는 잔을 들어 커다란 원을 그었다.

"대접이 소홀했습니다. 몇 개의 볶음 요리는 저도 만족스럽지 않았습니다. 겨울 죽순을 구하지 못해 통조림으로 대신했습니다."

"아, 만족스러웠습니다."

"자, 미식가 부인을 위해 건배!"

술잔을 비운 뒤 바오쿤녠은 잔을 거두기 시작했다. 연회가 이미 끝났다고 여기지 말라. 아직 이르다. 분위기를 전환시키기 위해 새로운 도구로 바꾸는 것이다.

주쯔예는 이싱의 자색 잔 세트를 꺼냈는데 잔의 형태가 복숭아 같았다. 손잡이는 마치 나뭇잎과 같았고 민족적 풍미가 배어나오는 형태였다. 술을 작은 단지에 담은 사오싱자판,[111] 천녠화댜오[112]로 바꿨다. 후반부에 이르러 분위기가 더욱 고조되자 술의 도수도 높아져갔다. 황주는 성질이 따뜻하여 혀를 깔깔하게 하거나 자극을 주지 않는다. 나는 사팔뜨기 눈을 하고 술 궤짝을 슬쩍 훔쳐보았다. 우량예[113] 두 병이 그 속에 있었다. 아마도 탕을 마시기 전에 내놓으려는 것이리라. 나는 이 음식 값을 누가 지불할 것인지 의심이 들었다. 주쯔예의 은행 잔고에서, 아니면 사람들의 선전비로?

쿵비샤는 작별 인사를 한 뒤 후반부의 대미를 장식했다. 익힌 요리, 큰 접시 요리, 간식 등이 끊임없이 이어졌다. 쏭수구이위, 미즈화투이,[114] ‘톈샤디이차이’, 페이추이바오쯔, 수이징사오마이[115]……. ‘싼타오야’ 요리는 연극으로 치면 클라이맥스에 이르는 요리였다!

산타오야 요리란, 비둘기 한 마리를 닭의 복부에 넣고 닭을 다시 오리 뱃속에 넣는 요리로, 다 구워지면 오리 한 마리처럼 보인다. 거대한 오리 한 마리가 배 모양의 접시에 드러누운 듯한 모양이다. 배 모양 접시의 둘레에는 안춘단[116]을 동그랗게 둘러 마치 비둘기가 알을 낳은 것 같았다.

사람들은 감탄했다.

"라오가오."

"예……."

"한번 보게나, 최고 수준의 요리 아닌가?"

"최고입니다."

"최고 기술을 가진 주 선생을 자네 식당에 초빙해 매달 100위안 안팎의 돈을 지불하고 기술 전수를 부탁하는 것이 마땅하다고 생각하네."

나는 이것이 오늘의 중심 의제임을 직감했다. 또한 급히 수용해야 할 책략이라는 것도 알았다.

"우리 식당이 작아 수용할 수 없어 감당하기 어렵습니다."

"작은 음식점은 아니지. 사장의 안목을 봐서……."

다행히 산타오야 요리를 자르기 시작한 뒤부터 사람들은 말없이 요리를 먹기 시작했다. 입이 두 가지 기능을 동시에 하기는 어려운 법이니까.

나는 시계를 보았다. 거의 세 시간의 식사 시간이 흘렀지만 식사 후에는 또 우량예를 마실 일이 남았고(사실 나는 무척 마시고 싶었다), 근사한 탕 요리로 종결짓거나 배나 파인애플 꿀로 마무리 할 것이다. 그러나 끝날 때까지 앉아있을 용기가 없었다. 연회가 끝난 뒤 있을 다과회 때문이었다. 올가미가 내 목을 조일 것이다.

"약속 때문에 끝까지 자리를 지키지 못해 죄송합니다. 주 선생님과 여러분께 감사드립니다. 감사합니다……."

나는 뒷걸음질을 치며 계속해서 감사의 인사를 했다. 다섯 보를 뒷걸음질 친 뒤에 몸을 돌려 석교를 향해 뛰었다. 다리를 지나서 창문 쪽을 바라보았다. 그들은 미동도 없이 앉아 있었다.

오늘 나의 행동거지는 예의 없고 체면도 없으며 도망치듯 보였을 것이다. 만약 여주인에게 인사를 건네지 않았다면 체면치레를 중시하는 쿵비샤는 상심이 컸을 것이다.

여전히 바쁜 쿵비샤와 그녀의 딸은 내가 간다는 말에 풀이 죽었다.

"아니, 제가 만든 요리가 맛이 없었습니까? 입맛에 맞지 않은 게로군요!"

"아닙니다. 요리는 훌륭했습니다. 우리 가게에 초빙해 강의를 청해도 되겠습니까? 서로 교류하면 좋을 듯합니다."

쿵비샤는 웃었다.

"그럴 것까지 있겠습니까? 이 요리는 당신네도 다 만들 수 있는 요린데요. 문제는 시간이 촉박하다는 것이지요. 세심하게 모방해서 만들려면 준비하는데 걸리는 시간만도 열흘이 넘으니…… 좀 더 앉아 계세요. 탕이 남았는데."

"압니다……."

나는 별안간 생각이 떠올라 물었다.

"주 부인, 오늘의 단 요리에는 어째서 난과중이 나오지 않았죠? 암흑의 시기에 주 선생과 함께 호박수레를 끌고 올 때 주 선생이 전원의 풍미가 물씬 풍기는 난과중을 만들겠다고 했었는데!"

쿵비샤는 키득키득 웃었다.

"그이의 허풍을 믿었군요. 저 사람은 이싱예후[117]같이 입만 살아 있는 사람인 걸요!"

초콜릿

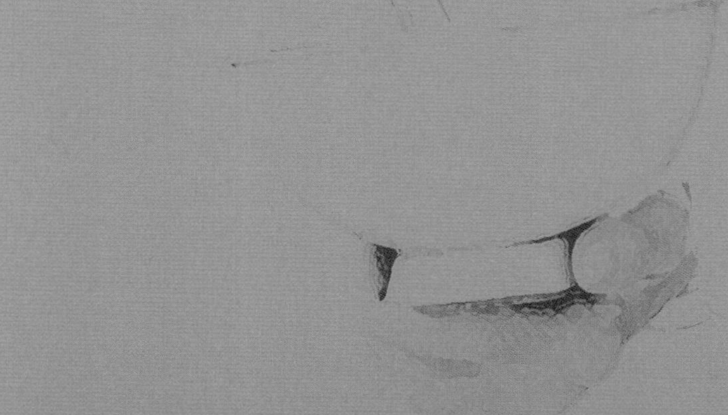

54호를 빠져나와 서쪽으로 걸어가 아얼의 집에 도착했다. 맙소사, 사람들은 나를 기다리며 아직도 연회를 이어가고 있었다. 아까 먹은 산타오야가 채 소화가 되지 않았으므로 식욕이 나지 않았다. 그러나 회상할 가치가 있는 담화는 나누는 것이 좋았다. 나는 아얼, 그의 아버지와 함께 64도짜리 바이주를 마시고 싶었다. 한잔을 쭉 들이켰다. 그것은 마치 열선처럼 곧바로 뱃속으로 흘러들어가 긴 탄식 소리와 합쳐지면서 인간사 유쾌하고 고달픈 무수한 일들과 융화되었다.

가을이 오면 모든 도시는 황금빛으로 물든다. 쑤저우도 예외는 아니어서 가을 하늘은 높고 서늘한 기후로 바뀐다. 춥지도 않고 덥지도 않다. 정원에는 이따금 물푸레나무 꽃향기가 풍겨온다. 작은 골목에 사는 사람들은 상공에 푸르고 맑게 갠 하늘을 보기가 어렵고 흰 구름이 높아져가는 것도 구경하기 어렵다. 일요일에 내왕하는 사람은 많지 않다. 대부분 사람들은 가사 일로 바쁘고 가사 일 중에서도 먹는 것이 우선이라서 골목길을 향해 난 창문 안에서는 수증기가 뿜어져 나왔고, 요리를 기름 솥에 넣었을 때 자작거리며 튀기는 소리가 났다.

54호에서 아얼의 집까지 가려면 예전에 내가 살던 곳을 지나쳐야 했는데 여기는 전혀 변하지 않았다. 석고문에, 회색 칠한 담장의 다섯 칸짜리 단층집이 일렬로 한 구역 안에 늘어섰고, 주쯔예가 살았던 작은 서양식 건물도 그 안에 있었다. 나는 어렴풋이 아얼의 인력거가 문 앞에 서있는 듯한 착각이 들었다. 주쯔예가 장포를 걸치고 대문 밖을 나와, 거만하게 인력거를 타고 방울소리를 울리며 터우탕미엔을 먹으러 서둘러 주훙싱으로 가는 환영을 보았다. 40년을 음식의 화신으로 살아온 그였다. 그는 요괴처럼 나에게 달라붙어서 내 일생의 진로를 결정지었고, 무의식중에 내 직업까지 결정해버렸다. 나는 그를 혐오하고 반대했기에 그를 떠나 먼 곳으로 가고 싶었다. 그러나 끝끝내 떨쳐버리지 못했고, 결국은 나의 지도자 역할까지 맡으려고 하여 매달 백 위안 안팎의 돈을 주어야 한다. 그 돈이 얼마일까? 더해서 2로 나누어보니 딱 100위안이었다! 만약에 양중바오가 지도해준다면 나는 진심으로 그에게 100위안에다 20위안을 더 보태서 줄 용의가 있고 보너스도 따로 지불할 것이다. 주쯔예는 고작해야 식객으로 호칭되는 아마추어일 뿐이지 않은가. 그가 사람들을 가르치며 심심치 않게 세월을 보내든 사치스럽게 낭비하고 살든, 우리 일과는 아무 상관없다. 미식가, 권력에 아부하는 일이나 시킬까, 내가 식당 입구에 서있을 테니 네가 들어올 생각일랑 말아라!

내 심중의 분노는 아얼의 집을 향해 걸으면서 점점 가라앉았다. 이곳은 유쾌한 곳이다. 접대 문화도 없고 위선도 없고 사치스러운 낭비는 말할 필요조차 없는 곳이다. 뜰에 가득 찬 사람들이 과쯔[118]를 까먹고 사탕을 먹었다. 갓 돌이 지난 어린 외손자를 포함해 우리 일가 전부 참석했다. 외손자는 뽀얗고 통통했는데, 잘 먹고 잘 웃고 작은 주먹을 쥐고 실눈을 뜬 채 사람들에게 인사를 했다. 현재는 모두 1인 자녀 체제로 갓난아이 하나에 대여섯 명의 어른이 매달려 물질적인 경비를 책임지고 정성을 기울였다. 뜰에 가득 찬 사람들은 갓난아기를 중심으로 모여앉아 아이를 먹이고 어르며 이 사람 손에서 저 사람 손으로 보냈다.

누군가가 딱딱한 사탕을 외손자의 입속에 밀어 넣었다. 아이는 곧바로 뱉어버렸다.

"왜, 아기가 사탕을 안 먹어요?"

"맛있는 것만 골라 먹습니다."

"그럼, 초콜릿을 먹여볼게요."

어떤 사람이 초콜릿을 한줌 들고 와서 금박 종이를 반쯤 벗기고 아이의 손에 쥐어주었다. 과연 아이는 초콜릿을 입속에 밀어 넣고 빨아먹으며 침을 흘렸다.

사람들이 왁자지껄하게 웃기 시작했다.

"아이고, 정말 총명한 아이입니다. 벌써 맛있는 것을 알다니!"

나는 갑자기 머리가 터질 것만 같았다. 큰일이다. 또 한 명의 미식가가 태어난 것인가! 평생 동안 주쯔예를 단속 못했는데, 이 어린 것도 단속할 수 없게 되다니! 나는 손을 내밀어 초콜릿을 빼앗고 딱딱한 사탕 한 알을 아이의 작은 입속에 밀어 넣었다.

아이가 '앙' 하고 울음을 터뜨렸다…….

모두들 놀라서 나를 정신 나간 노인네라고 수군거렸다.

1982년 8월~9월

✔ 추신

이 글은 소설이며 완전한 픽션이다. 문학의 상투적인 수단으로 부득이하게 쑤저우의 풍물을 빌린 것이므로 독자들께서는 꼬치꼬치 조사하지 않기를 바란다.

─작가 재배

미주 ____

1 다빙大餅 밀가루를 반죽하여 크고 둥글게 구운 떡.

2 유타오油條 밀가루 반죽을 발효시켜 소금으로 간을 낸 뒤, 길이 30cm 정도의 길쭉한
         모양으로 만들어 기름에 튀긴 푸석푸석한 식품.

3 후추虎丘 쑤저우의 명승지로 춘추전국 시대 말기에 오나라 왕 부차夫差가 그의 아버
         지 합려闔閭의 묘역으로 조성한 곳이다. 그를 매장한 지 3일째 되던 날에
         하얀 호랑이가 나타나서 무덤을 지켰다는 전설 때문에 호구虎丘 : 후추라는
         이름이 붙었다고 한다.

4 주훙싱朱鴻興 1938년 3월에 쑤저우에서 개업한 분식집.

5 이위안怡園 쑤저우에 있는 명대의 개인 정원.

6 오블로모프Oblomov 러시아 작가 곤차로프(Ivan Aleksandrovich Goncharov, 1812~1891)가
         1859년에 발표한 소설. 지성과 교양을 갖춘 재능 있는 청년 귀족
         오블로모프가 아무 것도 하지 않고 무기력하게 살아가는 모습을
         그렸다. 오블로모프는 러시아어로 '쓸모없는 인간'이란 뜻이다.

7 둥팅둥산洞庭東山 타이후太湖에 있는 반도半島로, 차와 과일, 물고기 산지로 유명함.

8 루위陸羽, 733~804 루위는 차에 관한 방대한 자료를 수집 정리하여 『다경』을 출판,
         '다성茶聖'이라 불린다.

9 두캉杜康 하나라의 다섯 번째 임금으로 중국에서 술을 처음 만들었다고 하여 술의
         시조로 불린다.

10 신쥐펑新聚豐 핑쟝구平江區 타이졘로太監路 9호에 위치한 식당 이름.

11 **이창푸**義昌福 장진성張金生이 1883년에 창업한 식당 이름.

12 **숭허러우**松鶴樓 청대에 세워진 쑤저우의 식당 이름. 특히 민물고기 요리로 이름이 남.

13 **무두**木瀆 강남의 옛 진古鎭으로 뒤에는 링옌산靈岩山이 있고, 앞에는 샹시香溪, 쉬장胥
江이 흐른다.

14 **스자판뎬**石家飯店 1790년에 개업한 식당 이름으로 지금은 우중구吳中區 무두진木瀆鎭
중스가中市街 18호에 있음.

15 **바베이탕**鮊肺湯 비늘 어름치(잉엇과의 민물고기) 내장으로 끓인 탕 종류.

16 **자오화쯔지**叫花子鷄 닭의 내장을 긁어내고 채소와 버섯, 한약재 등에 향신료를 넣어
실로 묶은 뒤 연잎으로 싸서 황토를 발라 오랜 시간 천천히 구
워 익힌 닭 요리.

17 **관금권**關金券 국민당 중앙은행이 1931년에 발행한 관세 납부용의 증권으로, 한때
지폐로도 유통되었다.

18 **화성**華生 1916년 상하이에서 처음 창업한 전기 회사 이름.

19 **위안다창**元大昌 1896년 사오싱紹興 사람 장디쉬안章迪軒이 창먼와이閶門外 스루石路 36
호에 창업한 가게.

20 **화댜오**花雕 상등의 사오싱 황주.

21 **쿵이지**孔乙己 루쉰(魯迅, 1881~1936)의 단편소설 「쿵이지」에 나오는 몰락한 봉건적
지식인.

22 **삼민주의**三民主義 쑨원(孫文, 1866~1925)이 발표한 정치 강령. 민족주의, 민권주의, 민
생주의를 말함.

23 **루가오쩬**陸稿薦 1663년에 창업했다는 쑤저우의 가게 이름.

24 **쉬안마오간**玄妙觀 서진西晋 시대에 처음 건축한 쑤저우의 도교 사원.

25 **이황**二簧 경극의 강조腔調 이름으로, 호금으로 반주하며 '서피西皮'와 합해서 '피황皮
黃'이라 부른다.

26 **서피**西皮 중국 전통극 곡조의 하나.

27 **주령**酒令 술자리의 흥을 돋우기 위한 벌주놀이.

28 관천제觀前街 쑤저우에서 가장 번화한 보행자 전용도로. 백화점, 음식점, 야시장,
　　도교사원 등이 약 800미터 정도의 거리에 즐비하다.

29 두보杜甫, 712~770 「장안에서 봉선현으로 가며 회포를 읊다自京赴奉先縣詠懷4」의 시구.

30 "향그러운 봄바람에 사람마다 취했구나. 항저우가 깨지는 날, 볜저우 꼴이 되리라暖風熏
　　得遊人醉, 直把杭州作汴州" 남송 임승林升의 「임안의 저택에 쓰노라題臨安邸」 사의 구절.

31 "십만 가구에서 세금을 내고 오천 자제들이 국경을 지키게十萬夫家供課稅, 五千子弟守邊疆"
　　당 백거이(白居易, 772~846)의 「창문에 올라 한가로이 바라보며登閶門閑望」 시구.

32 "여성 삼천 명이 누각을 오르내리고 황금 십만 량이 물의 동서에 있게翠袖三千樓上下, 黃
　　金十萬水西東" 명 당인(唐寅, 1470~1523)의 「창문에서 생각나는 일閶門卽事」 시구.

33 해방구解放區 항일전쟁 및 국공 내전 시기에 홍군에 의하여 해방된 지구.

34 1924년에 간행된 소련 세라피모비치(Serafimovich, 1863~1949)의 장편소설로, 프롤레타
　　리아문학의 고전이다.

35 알렉산드로 파제예프(Alexander Alexandrovich Fadeyev, 1901~1956)의 장편소설로, 한국어
　　번역본(예문출판사, 1988)이 있다.

36 전국 시대 형가荊軻의 「역수가易水歌」.

37 후푸거虎伏閣 후추산 정상에 있는 누각으로 현존하는 건축은 1930년 쉬안렁宣愕 스
　　님이 중건했으며 '즈솽거致爽閣'라고도 부름.

38 루푸쟝팡乳腐醬方 쑤저우의 네모나게 썬 삼겹살 같은 고기 요리.

39 쟝제스蔣介石, 1887~1975 중국 국민당 집권 시기 당, 정, 군을 통솔했던 지도자.

40 교통대학交通大學 중화민국 시기 상하이에 설립되었던 대학 이름.

41 백모녀白毛女 1945년 옌안루쉰예술학원延安魯迅藝術學院의 허징즈(賀敬之, 1924~), 딩이(丁
　　毅, 1921~) 등이 집단 창작한 현대 중국의 가무극.

42 문공단文工團 '문화선전공작단'의 준말로 군대, 지방 기관, 대중 단체 등에 부설되
　　어 연극, 무용, 노래 따위의 문예를 통해 문화 선전을 하는 기관.

43 삼반三反 1951년에 전개된 오직汚職, 관료주의, 낭비에 대한 반대 운동.

오반五反 1952년 봄 '항미원조抗美援朝' 운동의 일환으로 전개된, 뇌물, 탈세, 절취
나 낭비, 기만, 정보 누설 반대 운동.

44 오독五毒 뇌물, 탈세, 국가재산 도용, 원자재 사취, 국가 경제 기밀의 절취.

45 쓰첸제司前街 쑤저우 감옥의 소재지.

46 반동당단특등기처反動黨團特登記處 전국 해방 초기에 각지의 군사관제위원회軍事管制委
員會에서는 <반동당단등기>를 반포하여 과거에 중국국민당, 중국청년
당, 삼민주의청년당 등에 가입한 인사들에게 지정된 장소에서 사실대로
등록하여 자수하고 참회하도록 했다.

47 핑화評話 민간 문예의 하나로 한 사람이 그 지방의 사투리로 고사古史 따위를 이야
기하는 것인데, 창唱은 하지 않는다.

48 탄츠彈詞 현악기에 맞춰서 노래하는 일종의 민간 문예.

49 서장書場 예전에 사람을 모아 놓고 만담, 야담, 재담을 들려주던 장소.

50 마오타이주茅臺酒 중국 구이저우貴州 마오타이진茅臺鎭에서 나는 유명한 술 이름.

51 시산西山 타이후太湖 중간에 있는 섬.

52 공사합영公私合營 중화인민공화국이 자본주의에서 사회주의로의 과도적 경제제도
로서 취한 반관반민의 기업 형태.

53 쑹수구이위松鼠桂魚 쏘가리튀김 요리.

54 훙샤오러우紅燒肉 통 삼겹살찜 요리.

55 바이차이차오러우쓰白菜炒肉絲 배추와 잘게 썬 돼지고기볶음 요리.

56 다쏸차오주간大蒜炒猪肝 마늘, 돼지 간볶음 요리.

57 훙샤오위콰이紅燒魚塊 생선조림.

58 칭차이스쯔터우靑菜獅子頭 : 大肉圓 청경채를 곁들인 돼지고기 완자.

59 훙샤오스쯔터우紅燒獅子頭 커다란 고기완자와 채소에 간장을 넣어 끓인 요리.

60 장대.

61 차이방쯔菜幇子 푸성귀의 겉쪽에 붙은 줄기나 잎. 겉대.

62 성차오지딩生炒鷄丁 새가슴볶음 요리.

63 "밥은 정미 쌀밥을 싫어하지 않았고, 회는 잘게 썬 것을 싫어하지 않았다食不厭精, 膾不
　　厭細" 『논어·향당鄕黨』

64 중화인민공화국의 1956년의 공사 합영화 뒤에 취해진 개인 출자 자본에 대한 고
　　정 이자.

65 석고문石庫門　상하이의 근대 건축 양식.

66 다관위안大觀園　『홍루몽紅樓夢』의 무대로 대저택의 이름.

67 라오정싱老正興　상하이에 있는 유명한 우시無錫 요리 식당 이름.

68 허예바오쟝러우荷葉包醬肉　연잎 쌈 장조림.

69 훙먼만紅燜鰻　약한 불에서 오래 끓여 달인 뱀장어 요리.

70 "이러한 악곡은 하늘에서만 있으니, 인간세상에서 어찌 들을 수 있으랴此曲只應天上有,
　　人間哪得幾回聞"　당 두보의 「화경정花敬定 장군에게贈花卿」 시구.

71 중산복中山服　쑨중산孫中山이 생활에 편리하도록 고안한 의복으로 웃옷 앞면에 단추
　　　　　　　　다섯 개와 주머니 네 개를 달고 옷소매에는 작은 단추를 세 개 달았
　　　　　　　　다. 다섯 개의 단추는 입법·사법·행정·감찰·고시의 오권분립을,
　　　　　　　　네 개의 주머니는 예의염치禮儀廉恥를, 옷소매 단추 세 개는 민생·민주·
　　　　　　　　민권의 삼민주의를 상징한다. 일명 '마오룩Mao look'이라고도 부른다.

72 워터우窩頭　옥수수 떡. 보통 가난한 집의 주식이었음.

73 런민비人民幣　중화인민공화국의 법정 화폐.

74 우상차예단五香茶葉蛋　찻잎에 다섯 가지 향료를 넣어 삶은 달걀.

75 양허다취洋河大曲　쓰촨성四川省 뤼저우瀘洲의 명주.

76 광한궁廣寒宮　전설에서 달에 있다는 궁전.

77 명방鳴放 운동　솔직하게 자신의 의견을 나타내고 의론하다는 뜻으로, 1956년 중화
　　　　　　　　인민 공화국의 정풍整風 운동에서 나온 표어 '백화제방百花齊放, 백가
　　　　　　　　쟁명百家爭鳴'의 준말.

78 중화인민공화국 인민이 자기 견해를 주장하기 위하여 붙이는 대형 벽보.

79 칭차오샤런清炒蝦仁　새우 살을 기름에 볶은 요리.

80 훈툰餛飩 밀가루를 소금물에 반죽하여 밀어서 조금씩 떼어 굳은 뒤에 돼지고기, 파, 후춧가루를 간장에 버무려 소금 넣고 빚어서 끓인 음식.

81 유아두劉阿斗 삼국 시대 촉의 후주 유선劉禪의 아명으로, 무능한 사람이나 쓸모없는 사람을 비유적으로 이렇게 말한다.

82 첸룽乾隆 청 6대 황제 고종의 연호(1736~1795).

83 시과중西瓜盅 수박을 그릇 형태로 만들어 그 안에 요리를 담아내어 완성하는 요리.

84 바바오판八寶飯 중국 음식의 하나. 연밥, 대추 등 여덟 가지 과일을 얼음사탕과 섞어 넣고 지은 찹쌀밥.

85 주자파走資派 자본주의 길을 걷는 실권파.

86 차오샤런炒蝦仁 껍질 벗긴 새우 살을 기름에 튀긴 요리.

87 장환얼張幻爾, 1912~1965 쑤저우 사람으로 15세에 문명희文明戲 배우 장샤오톈張嘯天을 스승으로 삼아 배웠다. 1942년에는 왕쉬안궁王旋宮 극단을 조직하여 쟝쑤江蘇, 쑤저우, 상하이 등지에서 공연했다. 이후 중국희극가협회 쟝쑤분회 이사, 쑤저우골계극단蘇州滑稽劇團 단장 등직을 역임했다.

88 1956년 공사합영 후 쑹허러우 식당에서는 전 직원이 합심하여 활기를 되찾게 되었다. 그 가운데 3호 종업원 쑨룽취안孫榮泉의 '셋째 근면, 넷째 스피드, 다섯째 정성, 여섯째 만족三勤, 四快, 五心, 六滿意'이라는 서비스 정신은 고객의 칭찬을 받게 되었다. 이를 계기로 1959년에는 쑨룽취안은 베이징에서 거행된 '전국군영대회全國群英大會'까지 참가하게 되었다. 쑤저우골계극단蘇州滑稽劇團에서 이를 소재로 <만족하십니까滿意不滿意>를 창작하였고 나중에는 영화로 개편되어 전국적인 반향을 일으켰다.

89 "백마는 말이 아니다白馬非馬" 억지 논리를 비유하여 이르는 말.

90 퉁반銅板 청 말부터 항일전쟁 이전까지 통용된 은으로 만든 보조화폐.

91 인위안銀元 옛날 중국에서 통용되었던 은화의 통칭. 1935년 법에 의해 유통이 금지됨.

92 사구四舊 문화대혁명 초기에 혁명의 주요 목표로 내건 네 개의 낡은 악舊思想, 舊文化, 舊風俗, 舊習慣.

93 **사령원**司令員 중국인민해방군에서 군사 방면의 각종 임무를 주관하는 사람.

94 **콰이찬**快餐 인스턴트 음식.

95 **바셴쥐**八仙桌 팔선교자상.

96 **위유런**于右任, 1879~1964 중국 근대의 유명한 서예가.

97 **훠차오지딩**活炒鷄丁 닭고기볶음 요리 종류.

98 **츠링**吃齡 음식 섭취 역사.

99 **스후**石湖 쑤저우에서 서남쪽으로 7km 떨어진 명승지.

100 **샤오취**小曲 민간에서 유행하는 속된 노래 가락.

101 도쿄전기화학공업주식회사의 이니셜로, Tokyo Denki Kagaku에서 따왔다. 일본의
테이프 제조업체로 유명하다.

102 새우튀김 요리.

103 **바이잔지**白斬鷄 중국식 닭백숙 요리.

104 **우샹뉴러우**五香牛肉 다섯 가지 양념을 넣어 조린 소고기 조림.

105 **워워터우**窩窩頭 옥수수가루, 수수가루 따위의 잡곡가루를 원주형으로 빚어서 찐
음식. 한쪽 엄지손가락을 집어넣고 만들어서 바닥은 움푹 패어있
으며, 보통 가난한 집의 주식이었음.

106 **츠시**慈禧**태후**1835~1908 청나라 말기 함풍제의 세 번째 황후이며 동치제의 생모.
일명 서태후西太后.

107 **차오지딩**炒鷄丁 잘게 썬 닭고기볶음 요리.

108 **차오위피엔**炒魚片 생선볶음 요리.

109 **차오샤런**炒蝦仁 새우볶음 요리.

110 **푸룽지피엔**芙蓉鷄片 부용꽃과 닭고기를 함께 섞어 만든 요리.

111 **사오싱자판**紹興加飯 사오싱주紹興酒의 일종.

112 **천녠화댜오**陳年花彫 여러 해 묵은 상등上等의 사오싱紹興 황주黃酒.

113 **우량예**五糧液 다섯 가지 곡물로 빚은 술, 중국 쓰촨성四川省 이빈시宜賓市에서 산출

되는 백주_{白酒}의 일종.

114 **미즈화투이**蜜汁火腿　꿀 소스 햄.

115 **수이징사오마이**水晶燒賣　채소와 고기를 섞어 소를 만들고 속이 비칠 정도의 얇고
투명한 만두피를 감싸 찐 만두.

116 **안춘단**鵪鶉蛋　메추라기 알.

117 **이싱예후**宜興夜壺　이싱宜興에서 나는 옛날 남자용 야호夜壺. 요강.

118 **과쯔**瓜子　수박 씨, 해바라기 씨, 호박 씨 등을 통틀어 일컫는 말. 특히 여기에 소
금이나 향료를 넣고 볶는다.

쑤저우 미식의 향연과 미식 욕망의 변천

조성환

중국의 현대 민속 소설가로 '남루북덩南陸北鄧'을 꼽는다. 이는 남방의 루원푸와 북방의 덩유메이鄧友梅, 1931~를 말한다.

그 중에 루원푸는 현대화 과정에서의 쑤저우 문화와 현대화, 인간과 자연, 자연과 도시의 발전과 변모 과정을 위주로 작품을 구상했다. 그의 창작 원칙은 "거시적인 착안, 미시적 글쓰기宏觀着眼, 微視落筆", '소설 다주제의 통일적 탐색'인데, 인생의 소소한 문제들을 거시적인 역사 문제들과 결합시켜 묘사했다. 그러한 면모가 잘 드러나는 작품이 바로 『미식가』다.

루원푸도 미식가다. 1950년대 초 루원푸는 갓 문단에 진입하자마자 쑤저우의 작자 청샤오칭程小靑, 1893~1976 등과 함께 매번 회의가 있을 때마다 각자 1위안씩 갹출하여 회식 자리를 가졌다고 한다. 그리고 매번 자리를 바꿔 먹다보니 쑤저우의 거의 모든 식당을 다 돌았다. 그가 『미식가』에서 쓴 요리는 대체로 그때 먹었던 요리들이며 이 소설 후반부에 나오는 탕에 소금을 넣지 않았다는 이야기도 그때부터 겼었던 체험에서 나왔다.

『미식가』는 루원푸의 대표작으로 원래 중국의 『수확』 잡지 1983년 제1기에 발표되었고 제3회 전국 우수 중편소설상을 받은 바 있다. 이를 계기로 루원푸는 '미식가'란 별명을 얻게 되었다. 그 뒤 이 소설은 영어, 불어陳豊 역, 일어 등으로 번역되어 해외에서도 소개되었다. 일본에서는 두 종의 번역본이 나왔고 프랑스 파리에서만 10만부가 팔렸다고 한다.

『미식가』는 루원푸 작품 가운데 최고의 명성을 누린 신시기 소설이다. 이 소설의 무대는 쑤저우다. 잘 알려져 있다시피 쑤저우는 '하늘에 천당이 있다면 땅에는 쑤저우, 항저우가 있다上有天堂, 下有蘇杭'라는 말이 있을 정도로 청대 황제들이 즐겨 찾았던 관광 명소이기도 하다. 특히 '십전노인十全老人'이라 불렸던 건륭乾隆 황제는 효자로도 이름이 났는데, 모친의 70회 생일을 맞이한 1761년, 모친이 강남을 여행하기에는 너무 고령이라 생각한 건륭은 모친이 가장 좋아했던 쑤저우의 상가를 베이징에 재현할 것을 명령했다. 자금성과 자금성 북쪽에 있는 그녀의 여름 별장 사이의 길에 위치한 '쑤저우가蘇州街'는 청대판 디즈니랜드였다. 정부의 예산으로 수 킬로미터에 걸쳐 조성된 '쑤저우가'의 상점, 식당, 극장, 찻집은 일부는 새로 지어진 건물이었고, 그 일부는 리모델링되었다. 그밖에도 건륭은 황궁의 공터 안에 수많은 쑤저우식의 식당, 상점, 숙소, 극장의 건설을 인가하고, 모든 곳에 잘 차려있는 내시들을 근무하게 했다. 이처럼 온화한 기후와 아름다운 경치를 가진 쑤저우를 '소유'하고픈 황제의 욕망은 이처럼 쑤저우의 축소판 자연정원을 통해 베이징에 재현되었다.

쑤저우는 경관으로도 유명할 뿐 아니라 요리로도 유명하다. 그래서 그의 소설 속에는 무수한 쑤저우 요리가 등장한다. 『미식가』에서는 바로 쑤저우의 미식을 두고 전개된다. 이 소설은 두 주인공 가오샤오팅高小庭과 주쯔예朱自冶의 미식에 대한 견해를 바탕으로 갈등이 벌어진다. 한 사람은 국영식당의 사장이고 한 사람은 미식가다. 이 소설에서는 이 두 사람의 운명과 삶의 역정을 형상화하여 '신중국' 각 시기의 사회, 정치적 사건, 예를 들면 50년대 반우파운동 등을 연결하였다.

주쯔예는 주택 자본가이긴 하지만 노동자를 착취하여 부를 축적한 자본가가 아니라서 반동이라 할 수는 없었다. 그러나 당시의 시대적 분위기론 '미식가'를 허용치 않았다. 사치가 용납되지 않았으며 이를 대신한 것이 대중화라는 새로운 생활방식이었다.

결혼한 적은 있지만 처자식이 없이 쑤저우에서 홀로 살고 있는 주쯔예는 매일 아침 일찍 일어나 주홍싱에 터우탕미엔을 먹으러 간다. 먹고 난 뒤엔 찻집에 가서 식객들과 전날의 미식에 대해 이야기를 나누며, 오늘은 어디 가서 무얼 먹을 것인지 의논한다. 점심을 먹은 후엔 곧바로 목욕탕으로 직행한다. 목욕탕에 가는 이유는 목욕을 위해서가 아니라 몸을 불려 안마를 받고 풍성하게 먹었던 음식을 소화시키며 잠시 눈을 붙이기 위해서다. 깨어난 뒤에는 술집에 가서 만찬을 든다. 특이하게도 만찬 자리에서는 주로 술을 마시는데 안줏거리는 작중 인물 '내'가 각처의 노점에서 구입해 조달해 준다. '나'는 집안이 가난해 주쯔예 집에서 방세도 내지 않고 기숙했다. '내'가 그에게 안줏거리를 장만해주면 그는 언제나 거스름돈을 팁으로 주고, '나'는 그 돈으로 할머니께 고기를 사다드린다. 이처럼 굴욕적인 생활을 견디지 못한 '나'는 결국 정든 고향 쑤저우를 떠나 해방구로 가서 혁명에 투신한다.

해방 후 '나'는 쑤저우로 파견되어 유명한 식당의 사장을 맡으면서 식당의 개혁을 주도한다. 고급 요리를 없애버리고 돈 몇 푼만 내면 인민들이 부담을 갖지 않고 쉽게 먹을 수 있는 대중요리와 탕을 내놓는다. 이러한 결정은 요리사와 종업원의 반대에 봉착하게 된다. 심지어 쑤저우 요리의 명성을 듣고 멀리서 찾아온 손님들에게도 실망을 안겨주었다. 이 때문에 주쯔예는 매일 같이 우거지상을 쓰며 억지로 대중요리를 먹어야했고, 그나마 충분히 먹지도 못해 '나'를 비난한다.

이때 주쯔예는 조리 기술이 뛰어난 쿵비샤를 우연히 알게 된다. 그녀는 원래 정객이자 교수였던 사람의 첩이었는데, 남편이 홍콩으로 몰래 도주하는 바람에 그녀와 어린 딸만 쑤저우에 남게 되었다. 두 사람은 돈과 요리의 결합으로 인해 의기투합하여 마침내 동거하게 된다. 이때부터 주쯔예는 이전보다 더 잘 먹게 되었고 '나'는 이를 보고도 어찌할 수 없었다.

'나'의 개혁 정책은 식당의 명성을 잃게 만들었다. 반우파투쟁 때는 '내'가 식당의 명성과 직원의 피땀으로 개인의 이익을 추구했다고 비판당했다. '내'가 아무리 해명해도 먹히지 않았고 도리어 우파로 규정되게 된다.

암흑 시기에 주쯔예 일가도 굶주리게 된다. 이 때문에 부부 싸움이 일고 심지어는 밥솥을 달리하여 밥을 짓기도 한다. 우연한 기회에 나와 주쯔예는 같이 호박을 따러 갔다가 일부를 그에게 주었는데, 주즈예는 호박으로 난과중이란 요리를 만들 수 있겠다고 공언한다. 암흑 시기가 지나고 나서 돈을 벌기 위해 식당에서 고급 요리를 다시 팔기 시작하자, 주쯔예는 식당에 나타나 그 자리에서 음식을 먹지 않고 집에 싸가서 다시 조리해 먹는다.

문화대혁명 기간에 '나'는 주자파가 되고 주쯔예는 흡혈귀가 되었다. 두 사람은 죄명을 쓴 목판을 가슴에 건 채 거민위원회 문 앞에 서서 사죄한다. '나'는 그에게 여전히 반감을 가졌기에 되도록 그와 멀리 떨어져서 내가 그와 같은 부류가 아님을 표시했다. 문화대혁명 기간에 조반파造反派들은 손님들이 식사하기 전에 전부 일어서게 하여 마오쩌둥 어록을 따라 읽게 했으며, 심지어 손님들은 자신이 요리와 탕을 가져다 먹고, 다 먹은 뒤에도 직접 설거지를 해야 했다.

나의 가족들은 9년 동안이나 농촌에서 노동해야 했다. 재난이 지나가자 쑤저우로 돌아온 나는 다시 식당에서 근무하게 된다. 나는 식사의 의미를 이해하고 새로운 결심을 한다. 먼저 콰이찬 부를 증설하고 회의장 같은 식당을 개조하여 크고 작은 방으로 만들고 볶음 요리 부서를 두었다. 그러나 전통 요리를 복원하고 질을 높이자니 인재가 부족했다. 나는 이미 퇴직한 요리사 양중바오를 초빙하여 그 기술을 한 차례 전수시켰지만 그는 곧 병들어 눕게 되었다.

어찌할 수 없이 나는 초빙 광고를 냈다. 그런데 뜻밖에도 주쯔예가 나타난 것이다. 주쯔예는 반평생 미식 경험을 가지고 있었고 삼년 재난 시기에도 요리책을 한 권 썼다. 그는 문화대혁명 시기에 모든 것을 실토하고 자백했지만 이 요리책만은 숨겨두었던 것이다. 그의 강의는 처음엔 인기를 끌었지만 나중엔 주제를 벗어났기 때문에 세 번의 강의 끝에 중지시키려고 했다. 그러나 바오쿤녠이 적극적으로 나서 주쯔예의 강의를 녹음하는 등 진귀한 자료를 수집하기 시작한다. 그가 열심히 나선 결과 요리학회가 설립되면서 주쯔예의 인기도 날로 높아져 도처에서 강의 요청이 쇄도한다.

요리학회의 창립을 기념하는 자리에서 주쯔예는 각계의 인사를 초빙하여 잔치를 벌였다. 나도 물론 참가한다. 연회석은 물가에 위치한 서재에 마련되었는데, 주쯔예는 요리 먹는 방법을 손님들에게 알려주고, 쿵비샤는 요리를 하고 선녀와 같은 딸은 요리를 끊임없이 내온다. 여기에 참석한 손님들은 주위 환경, 식기 세트, 요리의 색, 향, 모양, 맛, 요리 기술에 대해 찬탄을 멈출 줄 모른다. 그러나 나는 먼저 자리를 박차고 나온다.

집으로 돌아온 나는 외손자가 딱딱한 사탕을 먹지 않고 부드러운 초콜릿을 먹으려 하자, 갑자기 발작하여 또 다른 미식가가 탄생하겠구나 걱정이 되었다. 그래서 아이가 먹던 초콜릿을 재빨리 빼앗고 사탕을 손자 입에다 넣어준다. 손자는 결국 울음을 터뜨리고 식구들은 모두 내가 미쳤다고 수군거린다.

위에서 개략적으로 살펴본 것처럼 이 소설에서는 주쯔예의 미식의 역사를 세 단계로 나눠 묘사했다. 즉 해방 전, 해방 후, 그리고 신시기에 따라 그의 미식 형태가 변모한다. 아울러 그의 미식 행태는 정치적 상황과 맞물려 변화 발전한다. 이 소설을 통해 미식에 대한 욕망 변천사를 살펴볼 수 있어 무척 흥미롭다.

중국 여행의 묘미는 하루 일정을 모두 끝내고 맛보는 중국 요리 체험이다. 이 소설이 쑤저우에 갈 기회가 있는 사람들에게 쑤저우 미식 체험의 가이드 역할을 할 수 있길 바란다. 아울러 앞으로 더 많은 미식 관련 문학 작품이 소개되어 간접적으로나마 우리의 입을 행복으로 가득 채워주길 염원한다.

2012년
비가 부슬부슬 내리는 날,
안서산방安棲山房에서 옮긴이 쓰다.

루원푸陸文夫는 1928년 3월 23일 장쑤江蘇 타이싱현泰興縣에서 태어나 타이싱 장자차오중학張家橋中學과 쑤저우중학蘇州中學에서 공부하던 시기부터 창작에 관심을 가졌다. 1948년 고등학교를 졸업한 뒤 쑤베이蘇北 해방구에서 혁명에 참가했다. 1949년 군대를 따라 남하한 뒤 신화사新華社 쑤저우분사蘇州分社 취재 기자, 공업조장工業組長을 맡았다. 그는 1955년부터 작품을 발표하기 시작하여 이듬해에 단편소설 「깊숙한 샛골목小巷深處」을 발표하여 이름을 알렸고 1957년에는 장쑤성문련江蘇省文聯으로 옮겨 전문적으로 창작하면서 방즈方之, 1930~1979, 예즈청葉志成, 가오샤오성高曉聲, 1928~1999 등과 동인지 『탐색자探索者』를 발행하던 중 '반당 소집단'으로 낙인이 찍혀 장기간 공장과 농촌으로 하방되어 노동하였다. 1960년에는 다시 성문련으로 돌아와 단편소설 「거 사부葛師傅」를 발표하여 문단을 진동시켰다. 1964년 '문예 정풍' 운동 때는 다시 비판을 받아 1965년에는 '장쑤의 시베리아'로 불리던 세양농장射陽農場으로 추방되었다.

문화대혁명 기간에 9년간 쑤베이 농촌에 하방되었던 그는 1978년에 쑤저우로 돌아와 다시 창작에 종사하였고 이후에는 쑤저우문련蘇州文聯 부주석, 중국작가협회 부주석, 쟝쑤성작가협회 주석, 제6, 7, 8회 전국인대全國人大 대표를 역임하였다. 1980년대 말에는 『쑤저우잡지蘇州雜志』를 창간하고 사장 겸 주필을 맡았다. 말년에는 라오쑤저우홍원주식회사老蘇州弘文有限公司 이사장을 맡아 쑤저우 문화를 널리 홍보하는데 주력하던 그는 2005년 7월 9일 쑤저우에서 세상을 떴다. 1945년 쑤저우중학에 입학하여 2005년까지 60년 동안 쑤저우에 살았으니 사람들은 그를 '루쑤저우陸蘇州'라는 별명을 붙여주었다.

주요 저작으로는 『꿈속의 천지夢中的天地』(幼獅文化圖書, 1995), 『사람의 보금자리人之窩』(上海文藝出版社, 1995), 『옛 쑤저우 : 물길의 즐거움을 찾아서老蘇州 : 水巷尋歡』(江蘇美術出版社, 2000), 『미식가美食家』(古吳軒出版社, 2005), 『루원푸 문집陸文夫全集』(전5권, 古吳軒出版社, 2006), 『깊숙한 샛골목小巷深處』(二十一世紀出版社, 2006), 『루원푸 산문陸文夫散文』(人民文學出版社, 2007), 『루원푸 소설선陸文夫小說選』(2009), 『미식가 : 중편소설금고美食家 : 中篇小說金庫』(花城出版社, 2010) 등이 있다. 그의 작품 가운데 이름을 떨친 「헌신」, 「소상인의 집안 내력小販世家」, 「담장圍墻」은 제1, 3, 6회 전국 우수 단편소설상을, 『미식가』는 1983~1984년 제3회 전국 우수 중편소설상을 받았다. 그리고 장편소설 『사람의 보금자리人之窩』는 2000년 봄에 제1회 쯔진산紫金山 문학상을 수상했다.

참고로 「담장」은 한국어로 번역되어 『80년대 전중국 최고작품상
수상 작품집1』(장지민 역, 문학사상사, 1990)에 실렸다.

옮긴이 소개 ____

권소영

경북 경주에서 태어나 동국대학교 중어중문학과를 졸업하고, 지금은 울산에서 중국어 교육과 번역에 종사하고 있다. 주요 역서로는 장편소설 『서복동도徐福東渡』(글누림, 2010), 『포스트모던 음식문화吃的後現代』(글누림, 2011) 등이 있다.

조성환

충남 서산에서 태어나 경북대학교 중어중문학과를 졸업하고, 지금은 천안에서 중국어문학 교육과 번역에 종사하고 있다. 그동안 만든 책으로는 『중국현당대문학비평가사전(상/하)』(1996), 『자오수리 평전』(1999), 『중국문학과 여성』(2000), 『딩링의 소설』(2001), 『인물로 보는 중국현대소설의 이해』(공역, 문화체육관광부 우수도서, 2002), 『중국번역문학사』(2005), 『중국현대문학과의 만남』(공저, 2006), 『북경과의 대화 : 한국 근대 지식인의 북경 체험』(2008), 『중국의 최치원 연구』(2009), 『경주에 가거든』(문화체육관광부 우수도서, 2010), 『압록강에서』(2010), 『중국 역대 여성작가 사전』(2011), 『빙신 단편집』(2011) 등 20여 권이 있다.

작품 출전

『收穫』, 上海文藝出版社, 1983.
본서는『수확』잡지 1983년 제1기에 실린 판본을 저본으로 삼아 번역했으며,
개정된 부분은 2005년 고오헌출판사(古吳軒出版社)에서 나온 단행본을 참조하였다.

ⓒ 2012 루원푸陸文夫

초판 1쇄 발행 2012년 8월 31일

지은이 루원푸陸文夫
옮긴이 권소영·조성환
펴낸이 최종숙
책임편집 임애정 | **편집** 이태곤 송지연 | **디자인** 안혜진 | **관리** 이덕성
펴낸곳 글누림출판사
출판등록 제303-2005-000038호(등록일 2005년 10월 5일)
주소 서울 서초구 반포4동 577-25 문창빌딩 2층(우137-807)
대표전화 02-3409-2055 | **팩스** 02-3409-2059 | **전자우편** nurim3888@hanmail.net
누리집 http://www.geulnurim.co.kr
정가 12,000원
ISBN 978-89-6327-201-6   03820